龍神の子どもたち

Inui Ruka

乾ルカ

祥伝社

龍神の子どもたち

目次

装幀　岡　孝治
装画　森　藺

第一章　谷津流とニュータウン

のどかな歌が近づいてくる。

道ばたから身を乗り出して、歌声がする方へ目を凝らす。輿行列が見えた。弓矢を携え、神主のような白装束に身を包んだ二人を先頭に、同様の装束で輿を担ぐ四人の大人、輿の後ろについていく普段着の人々、六十人ほどの誰もが歌っていた。みんな知った顔だ。中には子どももいる。ひときわ大きな声を出しているのは、たぶん兄の武男だ。

――しろいあめふりゃ……

子どもの中には女の子もいたが、大人は全員男だ。

梅雨前の空はからりと晴れている。日々葉の茂りを密にしていく山々から吹き下りる風は、ラムネ瓶のような青味を感じさせる。

青の高みでトビが鳴いた。

――りゅうがたけりて　どうどうどう……

歌の旋律はゆったりしていて単純だ。『ザ・ベストテン』で歌われる流行歌のようなかっこよさは、どこにもない。

黒い屋根と金の飾りがついた輿は、沿道に群がる大勢の人々に見守られながら、去年アスファルトが敷かれた舗装道から、長谷部幸男が立っている土くれの道へと折れてくる。谷津流地区の家々を一軒ずつ巡る練り歩きを終え、これからいよいよ山へと向かうのだ。見物人のざわめきが、波のように寄せる。四年前の輿行列よりも、そのざわめきはなぜだか大きく聞こえる。

輿を先導する二人は祖父と父だ。二人が身に着けている装束は、家に代々受け継がれてきたものので、降りそそぐ日差しを受けても、どこかくすんでいる。小学校の木綿のカーテンみたいだ。近づけばきっと埃の臭いがする。

「ああ、やってるよ」

背後に誰かが立って、幸男はすっぽりと影の中に入った。振り返ると、見慣れない三十代半ばの男女がいた。夫婦のようだ。見慣れないということは、集落の人間ではない。幹線道路の向こう側の新興住宅地、のぞみ野丘ニュータウンの住人だろうか？　だとしたら、珍しいこともあるものだと幸男は思う。ニュータウンの人々は田舎の祭りなんて知らんふりだ。わざわざ見物には来ない。今日だって沿道にいるのは、谷津流地区の人たちばかりだ。

「あなた、あれが白鷹御奉射祭り？」女性は拍子抜けしたように言った。「ただのお神輿行列みたいね。出店もない」

「田舎のお祭りなんてそんなもんだ。由緒正しい神社もないだろうし。土着信仰に近いんじゃないか？　お神輿があるだけ立派さ。ああ、山に向かっているのかな。ほら、あそこの山。伐採が進んでいるあそこが、ゴルフ場予定地だな」

「あら、お輿に誰か乗っているわ」

――よめごをつれて　しろたかへ……

二人の横をすり抜けて、十二、三歳の少年が姿を見せた。少年も知らない顔だった。二人の息子だろう。ふわふわした癖毛に、くっきりした大きな目と濃い眉。明るい負けず嫌いという感じだ。

――くろへびさまは　ちのそこのそこ……

「あれ、なんて言ってんの？」

負けず嫌いが話しかけてきた。大人びた声だ。最近女の子が騒いでいるアイドル歌手の声にそっくりだった。そう思うと、彼自身もそのアイドル歌手に似ている気がした。

「くろへびさまは、ちのそこのそこ、だよ」

「そのままじゃんか」

「だって、そうだから」

歌は続いている。

――てんのてんでも　ひとのさと……

「あれは？」

「あれも聞こえるまま」

「どういう意味？」

「知らない」

幸男が答えると、少年は大きな目をさらに見開いた。「なんで？」

「興味ないから」歌に負けじと声を張り上げる。「歌ってる奴らだって、たぶん知らない。知ってるとしたら、うちの祖父ちゃんくらいじゃないかな」

「意味もわからず歌ってんのか。おめでてーな」

「だって昔からあるだけだし、誰が作ったかも知らないし、もしかしたら、意味もないかも」

「ふうん……あ」

少年は口を半開きにしたまま、急に黙った。ちょうど輿がすぐそこまで来ていた。少年の視線は、輿の上で背筋を伸ばして正座している一人に注がれていた。

輿に乗ったその人は、金の天冠を戴いた祭りの主役だ。冠には垂れ下がる藤の花のような飾りがいくつも施されていて、輿の天蓋の陰でも煌びやかだった。今日のためにきれいに切りそろえられた、おかっぱより少し長めの髪は、真っ黒で真っ直ぐだ。輿が揺れるごとに、金の藤の花と髪の毛はしゃらりしゃらりとなびく。切れ長の目尻と唇に施された朱が、おしろいを塗られた小さな顔の中で鮮やかに際立ち、その人はひどく浮世離れして見えた。

通り過ぎるとき、朱に縁どられた目がこちらへと向けられた。

「今年のヨメゴはべっぴんだなぁ」

感嘆の声が届いた。なるほど、先ほどからのざわめきは、今年のヨメゴが他の年よりきれいだったからなのだ。

「なあ、ヨメゴって?」

少年がまた質問してきた。彼の後ろでは、母親らしき女性がなかなかの観察眼を披露している。

「お稚児(ちご)さん？　いえ違うわね。衣装が白無垢(しろむく)みたいだもの」

「でも、冠は稚児に近いじゃないか」

「秀明(ひであき)と同じ年頃の子かしら。夏目雅子(なつめまさこ)に雰囲気が似てるわ」

二人の会話で、幸男は少年の名前がわかった。

「おまえ、秀明っていうんだ。何年生？」

「六年。一学期の初めに、のぞみ野丘ニュータウンの学校に転校してきた。おまえは？」

「僕も六年」

「なあ、ヨメゴって？」

秀明は輿を追って歩き出した。問いに答えるため、しかたなく足並みをそろえる。息子を気にしてか、秀明の両親もさりげなくついてきた。ヨメゴの視線が、またこちらへと流れてきた。

「お嫁さんのこと。これは嫁入りの祭りだから」

「誰のお嫁さん？」

輿が向かっていく山を指さす。「あの山」

「二つあるけど」

「南側。白鷹山(しろたかやま)の鷹神(たかがみ)様」

「ゴルフ場がまだないほうか。で、本当にあの子、お嫁さんになっちゃうの？」

「まさか。ただのお祭りなのに」古くからやっていることを、続けているだけなのだ。「明日の午前中には帰ってくるよ」

「なんでそんなことすんの？」

ずいぶん聞きたがりなのは、ヨメゴが気になっているのか。だとしたら、秀明は相当見る目がない。

「祖父ちゃんが話してるのを聞いただけだけど」

そう前置きして、簡単に祭りについて説明してやる。

尾根続きの隣の黒蛇山――今はゴルフ場を作っているほうの山には、顔が女で胴体が蛇の蛇神様が、白鷹山には顔が男で胴体が鷹の鷹神様がいる。昔、村一番の器量よしが、鷹神様に見初められてお嫁に行くことになった。そうしたら蛇神様が焼きもちを焼いて、ふもとの集落に災いを呼び、嫁入り前の娘を死なせてしまった。鷹神様は怒り、蛇神様に深手を負わせたので、村はなんとか全滅を免れた。

「それから毎年六月に鷹神様をお祭りするし、四年に一度はこうして大祭をしてヨメゴを差し出して、蛇神様から守ってもらうんだって」

「でも、明日の午前には帰ってくるんだろ」

「うん」

「あの子、今晩野宿すんの？」

白鷹山の緑が濃い。

「山の中に小さなお社があるって聞いてる。神様を祀るお社だから、ヨメゴしか入っちゃいけないし、祖父ちゃんとか以外は、どこにあるかも知らないけど、たぶん山頂近く。上のほうは立ち入り禁止になってるんだ、キンソクチだって」

「キンソクチ……禁足地か。へえ……どうもな」

秀明はちゃんとお礼を言ったが、目はずっと輿の上に座るヨメゴに釘付けだった。

だから、教えてあげた。誤解は早く解いたほうがいいだろうから。

「あのヨメゴは男だよ」

「えっ?」

「男子がやる決まりなんだ」

秀明の足が止まり、顎が落ちて、口が半開きになった。会話を聞いていたらしい秀明の両親が笑った。父親のほうが落ちた顎に手を伸ばし、軽く摑んだ。

「どうした、がっかりしたのか?　男の子が化粧をする祭りは珍しくないぞ。残念だったな」

秀明はその手を振り払い、地面を同じように何度も蹴ったり擦ったりした。足の動きは乱暴で結構大きな音がして、過ぎゆく輿からヨメゴの桐人が振り返った。

＊＊＊

——去年の大祭に来ていた秀明とかいう奴も、いるんだろうな。

中学校の入学式の朝、幸男の胸には憂鬱と期待が入り混じっていた。それらがあまりにいっぱいで、朝ご飯の玉子焼きも箸が進まなかった。

兄の武男は対照的にご飯をおかわりしている。似ていない兄弟だと幸男はつくづく思う。にもかかわらず、同学年だというのがやっかいだ。四月生まれと三月生まれの年子なのだった。大きな体格で力が強い武男とくらべられると、幸男の貧弱さがますます際立つ。

「早く食べんと、遅刻するだろ」

父の和太郎は、日ごろめったに袖を通さない一張羅の背広に、ネクタイ姿だ。母もすでにワンピースを着こみ、化粧も済ませていた。入学式に参列するためにぴしっとしたのだろうに、帽子と作業着で畑に出る二人を見慣れている幸男の目には、似合っていなくて、逆にみっともなく映ってしまう。

のぞみ野丘ニュータウンの保護者なら、ネクタイやワンピース、お化粧もしっくり馴染んでいるのだ。

ついついついてしまったため息を、武男は聞き逃さなかった。

「しょぼくれた顔すんなよ。奴らに舐められるぞ」

「なに言ってるの、武男。みんなと仲良くしなきゃ駄目よ。谷津流の子だけじゃなく、ニュータウンの子たちとも」

母に注意されたところで、聞き入れる兄ではない。「あっちが仲良くしようってんなら、してやってもいい」

幸男は即座に無理の烙印を押した。

大体、母の言葉も矛盾している。六年前、一帯の土地の名前は『谷津流』から変わって、今はここの住所も『のぞみ野丘』なのだ。なのに、のぞみ野丘ニュータウンと区別して、古い地名を使い続ける大人は多い。

のぞみ野丘と名を変えながら、古い住人からは谷津流と呼ばれ続けるこの地区は、太平洋から三十キロほどなだらかに続くゆるい傾斜のどん詰まり、西に標高六百メートル弱の白鷹山と黒蛇山を仰ぐ麓にある。幸男の家をはじめとする住人は、山間の谷から流れて下ってくる御八川が作った扇状地の周囲を取り囲むように土地を耕し、米や野菜を作って代々暮らしてきた。世帯数は百程度、家屋はみんな木造だ。トイレはまだ水洗化されていない。たまに軒下でタヌキが子育てする。山がある田舎の風景という題材で絵葉書を作るなら、ぴったりの場所だ。

対してのぞみ野丘ニュータウンは、幸男がまだまだ幼かったころに開通した幹線道路の向こう、太平洋側に拓けた。小学校一年生のときにできた私鉄の新駅と鉄筋のマンション二棟を契機に、近年急激に人口を増やしている街だ。道路と鉄道のおかげで、東京までの所要時間が約六時間から三分の一以下の一時間半になったらしい。

ニュータウンエリアの小学校は、三年前に新設されたばかりで、早くからマンションに越してきていた野波保仁などは、それまで幸男たちと同じ小学校に通っていた。

——俺のマンションは二十階建てなんだぜ。

——窓から太平洋が見えるんだ。

——俺の父さんの不動産会社と県議の伯父さんが、街を作ってるんだぞ。

彼の自慢を毎日聞いた。

現状、中学校は地区に一つしかない。いったんは別れた連中と、これから三年間一緒になる。ニュータウンの子どもたちと再び相まみえるのが、幸男の最大の憂鬱だった。

ニュータウンから来る子たちと武男をはじめとする谷津流の子たちは、どうにも気が合わなかった。彼らの親は、ほとんどが新しくできた道路や駅から通える工業団地で働いていた。誰でも、それこそ小さな子でも名前は聞いたことがあるほどの大企業で、最先端の家電製品を作っている。一方で谷津流の家の多くは農家だ。

だからだろうか、ニュータウンの子らは、保仁を筆頭に、地元の子らを田舎者だと軽んじる態度をとる。新しい小学校へ転校していくまで、その言動は一貫していた。

三年間でニュータウン側のマンションや戸建てはいっそう増え、大型スーパーやショッピングモール、遊具が充実した公園などの施設も整った。計画的に造成された街並みは、去年、不動産会社のCM撮影にも使われたほどだ。三年前に分かれた時点では、向こう側の児童数は一年生から六年生まで九名しかいなくて、頭数では地元の子どもが勝っていたが、今は様子がまるで違っているだろう。数にものを言わせて一方的に田舎者だと馬鹿にされるのは明白だった。また、武男がそんな態度を許さず反発することも。

互いにやり合うとすれば、一番弱いところから狙ってくる。幸男は早生まれのせいもあり、同学年の男子の中では最も背丈が低かった。成績もまんべんなく普通以下だ。向こうがいじめる相手を選別するなら、間違いなく目をつけられる自覚が幸男にはあった。

もしもそうなれば、武男はかばってくれる。武男の体つきは上級生に引けを取らず、体育だけは誰にも負けない。誰にも負けないなにかが一つでもあると、人は自信という鎧をまとい、龍を従えるみたいに、一段と強くなる。古くから住んでいる側の年齢が似通った子どもたちの中で、武男はずっとリーダーだった。だが、一クラスしかなかった小学校とは違い、中学では二クラスになる。兄弟は別のクラスに編成されるだろう。一人で切り抜けなければならない場面も、当然出てくる。

いじめがちらつく憂鬱の一方、兄から離れられるというのは期待でもあった。兄弟なのに同学年という境遇のため、幸男はなにかにつけ兄と比較されることに、ほとほと嫌気がさしていた。

「ほら、幸男。もたもたすんな」

父の一喝が飛んできた。幸男はご飯を少し残して、歯を磨いた。武男が「緊張すんな。俺がついてる」と胸を張った。

「ニュータウンの連中には負けねえ。おまえも負けんなよ。長谷部家は谷津流側の代表なんだからよ」

長谷部家が集落を代表する大きな家、昔の言葉で言えば〝名主〟となるのだろうか――という事実は、ときどき幸男にかかる圧力の種だ。

中学校は、幸男たちが住む農村地区とニュータウン地区を区切るように走る幹線道路の少し手前にある。手前つまり農村地区側だから、自分たちの領土内だ。歩いて三十分ほどかけて通うことになる。

幸男の詰襟は、成長を見込んで一サイズ大きいものを買った。体に合わないそれが、やけに恥ずかしいものに思えてならない。幸男は中学校指定の白い肩かけカバンを、のろのろと斜めにかけた。

生徒用の昇降口へと続くガラス戸に貼り出された二クラス分の名簿を見て、やはり武男とは別々になったことを確認する。幸男が一組、武男が二組だった。

「静香も一組かあ」

武男が肩を落としたのは、宮間静香のことが好きだからだ。谷津流地区で食料品から日用品までなんでも売っている宮間商店の娘は、確かに幸男の目から見ても、クルミを齧るリスみたいで可愛らしい。ただ、幼いころからずっと明るく元気な子だったのに、のぞみ野丘駅前に大型スーパーができてから、その元気の光が薄らいでいる。そんなこともあり、武男はできれば近くにいてやりたいのだ。

「静香がしょんぼりしてたら、すぐ俺に教えろよ」

兄の命令に幸男は「わかった」と小さく答えた。

一組に保仁の名前を見つけて、げんなりとなる。彼がいるとなると、ニュータウンの連中は一組に集まるだろう。窓から太平洋が見えると、また毎日耳にすることになりそうだ。

幸男の祖父惣左衛門や和太郎は、遠くの海より近くの山を大事にしている。惣左衛門が海にまつわる昔話をしたことはないが、祭事の際も重要視している黒蛇山と白鷹山についての昔話は、聞くことがあった。

幸男の関心をまったく引かないそれを、家の手伝いもそっちのけで教えてもらいたがる変わりものが一人いた。明石桐人だ。去年の大祭でヨメゴ役を務めた彼の名前が、同じ一組にあった。

それから、もう一つの名前にも幸男は注目した、ちょうどそのときだった。

「俺、やっぱり一番だ」

某アイドルにそっくりな声が、頭の後ろから聞こえた。

首をひねってそちらを向くと、ふわふわした髪の毛と大きな目の少年がいた。

幸男は彼がすぐにわかった。あいうえおの出席番号順で、桐人の一つ上にあった名前の主、相川秀明。大祭の日に輿行列を見に来ていた少年だ。親に下の名を呼ばれていた。

振り向いた幸男に、秀明は陽気に笑ってみせた。「おまえ、何組？」

「一組」

「俺と同じじゃん」彼はそこで存在感のある眉を持ち上げた。「あれ、どっかで会ったっけ」

自分が秀明を覚えていたほどには、彼は自分を心に残してくれていなかったことに、幸男は軽い落胆と、そんなものだろうという納得が入り混じった気持ちになる。自分の存在感の無さは、どこにいても目立つ兄のせいで思い知っている。

「去年の六月、大祭の輿行列のとき。いろいろ教えてあげたよ」

「ああ」秀明は思い出してくれたようだ。「あんときね」

秀明はクラス分けの表に視線の先を移した。

「……あんときのあいつって」

独り言を呟きながら、彼の目は氏名を辿った。ヨメゴをやった桐人がいるかどうかが知りたいのかもしれないと、幸男は思った。だが秀明は、桐人の名前はおろか学年が一緒だということすら知らないはずで、名簿を見る横顔には、藁山の中の針を探しているみたいな徒労感がすぐに浮かんだ。

教えてやって恩を売ろうかと思ったが、やめた。クラスに行けば、じきに知れることだった。

「幸男。舐められるんじゃねえぞ。なんかあったら、すぐ俺を呼べよ」

武男が耳打ちをして、木の下足入れが並ぶ昇降口へと入っていった。

見知らぬ顔が、そこここでうごめいている。「古くせえ校舎」「小学校はきれいだったのに」「こっちは未開の田舎だな」などという声が聞こえる。すぐさま武男が「おまえなんつった」と怒鳴った。小競り合いの気配に、さっそく教師が飛んでくる。

幸男は顎を引いた。

絶対に仲良くなんて、なれない。

入学式で新入生代表の挨拶をしたのは、桐人だった。名前を呼ばれて「はい」と返事をし、前へ進み出ていき、まだ少年の声で百点満点の言葉をすらすら述べた。内容が書かれているらしい紙は手にしていたが、彼は一度もそれを見なかった。

幸男は秀明の様子を窺った。

秀明は少し顔を斜めにして、目を眇めていた。桐人が大祭のヨメゴだと疑いつつも確証が持てない、そんな感じだった。

無理もない。桐人は化粧をしていないし、大祭のために伸ばしていた髪も短く切って、四角くてやや広すぎる額が出ている。輿の上では無言だったから、声で判断もできない。

幸男は桐人の制服が自分と同じでぶかぶかなこと、それから、ニュータウン側に住む子どもたちに、自分や桐人ほど体に合わない制服を着ている子はいない事実を発見してしまった。

桐人の挨拶のあと、壇上で新入生へ向けての話を始めた辻という校長のことを、幸男ら谷津流の子らはよく知っていた。去年の春に赴任してきた辻校長は、しばしば黒蛇山と白鷹山の麓に広がる原っぱにイーゼルや画材を持ち込み、風景画を描くという趣味を持っているのだが、原っぱは谷津流の子どもたちの恰好の遊び場であり、何度か言葉も交わしていたのである。幸男の知る限り、辻校長は常にのんびりと柔和な態度で接してきた。

その辻校長が丸い頬を揺らし、油を塗って磨いたような禿頭を光らせつつ言った。

「この中学校では、古くから住んでいる地元の子どもたちと、新しく開発された駅周辺の子どもたちが一緒になります。どうかみんな、互いに尊重し合い、仲良く実りある三年間を過ごしてください。君たちならそれができると信じています」

辻校長の雰囲気は穏やかで、口調は確信に満ちたものだった。しかし、わざわざ言うからには、前年も谷津流の子とニュータウンの子は仲良くしなかったのだ。だからこそその一言に違いなかった。

幸男はさりげなくあたりに目を配る。

人並みの向こうに兄、武男の大きな体が窺えた。

逆側には、同じ一組の保仁も。保仁も三年前より、がっちりとした体格になっている。

今年は谷津流側の大将格とニュータウン側の大将格が同学年にいるのだ。ただで済むわけはなかった。

クラスの席は、出席番号順で決められていた。窓側最前列から男子の一番、その後ろに二番という具合だ。女子の一番は、男子の一番と通路を挟んだ中央寄りの列からスタートする。そうして、男女交互に廊下側へと進んでいく。

担任は浜岡という三十代の男性教師で、担当科目は理科だった。そのせいか、入学式のすぐあとだというのに、もう背広を脱いで白衣を羽織っている。浜岡先生も辻校長と同じく「違う小学校から来た子と仲良くするように」と、繰り返し言い含めた。

南向きの窓から春の日差しを受けて、秀明の髪の毛は柔らかな茶色になっていた。彼の後ろの席では、桐人の真っ黒な髪の毛が光を跳ね返す。同じ日本人の髪でも、ずいぶんと違って見えるのだなと眺めていたら、どうも秀明は浜岡先生の諸注意より、背後を気にしているふうなのだった。

そして、桐人も浜岡先生を見ておらず、振り返りたそうな秀明の頭に視線の先を据えて、頬杖をついている。幸男は少し驚いた。新入生代表を務めたことでも知れるが、桐人は小学校きっての真面目な優等生だった。先生が話していれば、必ずじっとその目を見るのが常だ。ときどき先生のほうが「桐人の目ん玉は迫力あるな」と苦笑いするほどに。

さすがの優等生も、ニュータウン組を気にしているのか。桐人の制服の袖は、手の甲を半分隠してしまっている。彼も細っこい体格ゆえに、いじめの標的になるのを恐れているのかもしれない――。

などと思っていたら、幸男に天啓というべき策が降ってきた。

もしも自分が目をつけられたら、そのときは……。

帰宅の段になっても、教室内には互いを探り合う雰囲気があった。自然と二つのグループに分離していく中、その空気に混じりきらない二人がいた。

桐人と秀明だった。

浜岡先生が教室を出ていくと、先に話しかけたのは意外にも桐人だった。

「相川くん」

大きな目を見開いて驚きを隠さない秀明に、桐人は無遠慮に尋ねた。

「去年の大祭のとき、いたよね」

いつしか谷津流側の子も、ニュータウンに住む子も、二人のやりとりを注視している。

「あのときの君の足踏み、なに?」

桐人は机を指先でトンと叩いたり、ツーと擦ったりした。

秀明の顔色が変わった。「やっぱりおまえ、輿に乗っていた奴か。あれ、聞こえてたのか?」

「うん」

「んで、覚えたのか」

「うん」

「……ふうん」秀明は上履き（うわばき）で床を鳴らし始めた。「地獄耳だな」

それでわかった。輿行列が通り過ぎていくとき、秀明は足で地面を蹴ったり擦ったりしていたのだ。その乱暴なリズムを幸男はちっとも覚えていなかったが、秀明の言葉や、当時と同じように足を動かし出したところを見ると、きっと桐人の指での再現は、寸分違わなかったのだろう。

「これに、なんで意味があると思うんだよ？」

秀明の問いに、桐人は「意味とは言ってないけど……同じパターンを繰り返しているからかな。意味あるのか？」と、問いを返した。

「なんで？」

「知らないほうがいいんじゃねーかな」

浜岡先生に向けなかった真っ直ぐな目を、桐人は秀明に注いだ。秀明はその目にひるまなかった。

「いい意味じゃないから」

＊＊＊

春の雨が地に黒く染みていく。上着を一枚羽織らないと肌寒さを覚える天候だった。四月の終わり、祭日と日曜日に挟まれた土曜日の午前中だけの授業を終えると、幸男は一人で傘を差して帰宅した。

兄や桐人ら地元の子どもたちは、示し合わせているわけではないが、時間が合えば一緒に登下校している。幸男はそういった一群を、なるべく避けたいと思う。

教室を出るとき、保仁らニュータウンの連中が桐人を揶揄する声を、背後に聞いた。

「オカマちゃん、今年は女装しねえの？」

「山の神さまのお嫁さんなんだろ」

「セーラー服のほうが似合うぞ」

毎日繰り返されるからかいだ。中でも一番声高なのは、矢田慎次郎だ。痩せたサルみたいな外見そのままに、すばしっこくずる賢い彼は、保仁の腰ぎんちゃく筆頭だった。

秀明が「よせよ」と止めていたようだが、本心かどうかはわからない。なぜなら誰より先に桐人を嘲ったのは、秀明だからだ。彼が輿行列を見送ったときの奇妙な足踏みの正体は、モールス信号だった。

入学式の日に、桐人から足踏みのリズムについて問われた秀明は、いい意味じゃないと断じて話を終わらせようとした。しかし、二人のやりとりを聞いていたニュータウン側の誰かが、「秀明ならモールスじゃないか？」と言ったのだ。

モールス信号だと知られたのなら、暗号のキーを見つけられたも同然だと腹を括ったのだろう。

秀明はぷいと桐人から顔を背けて、吐き捨てた。

――『オカマ』って意味だよ。だっておまえ、女装してたじゃん。

それのなにがいけないのかと言いたげに桐人は頷いたが、ニュータウン側の特に男子は沸き立った。

――なんだそれ。秀明、なんのことだよ？

――このチビ、オカマなのかよ？

去年の大祭でヨメゴ役をやった、否、ヨメゴ役をやるために化粧をして嫁入りの衣装を着て輿に乗り、神が住まうという山中で一晩を過ごした。それは新興住宅地の連中にとって、ひどくセンセーショナルなエピソードに受け取られたようだ。ニュータウン側の中では古株の保仁ですら、祭りの存在は知っていてもその内容の詳細までは初耳だったらしく、恰好のいじめの餌を見つけたとばかりに食いついた。

近ごろ、テレビ番組などでよく耳にするようになった『オカマ』という言葉と、まだ男らしさのない、つるんとした容姿の桐人はぴったりセットになって、入学初日から、からかいの対象になったのだ。

一方で谷津流の子どもたちは、ニュータウン側の反応に少なからず驚いていた。生まれたときからなじみのあるお祭りの内容に、なんの疑問も持たずにいたためだ。

驚かなかったのは、幸男と桐人の二人だけだった。

谷津流のお祭りは普通と違う。そう幸男は思っていた。気づきのきっかけは、前々回の大祭だった。七つの幸男は、桐人と一緒に彼の母に手を引かれ、農道を行く輿行列を見物していた。幸男の母は、輿行列を終えて戻ってくる人々に振る舞う団子作りで忙しく、面倒を桐人の母に頼んだのだ。行列の後を歌いながらついていく子どもらに、その年からまじった兄の武男を羨ましく思っていたら、聞き覚えのない声を聞いてしまった。

――変わったことをするものだ。田舎だな。

――寺社もないというから、普通の祭りを知らんのだろう。

それを言ったのは、スーツを着込んだ立派な形の男の人二人で、襟にきらりと光るバッジをつけていた。もちろんそのときの幸男は、バッジが不動産会社の社章だなんてわからなかった。だが、二人が白鷹御奉射祭りを小馬鹿にしているのは、口調で感じ取れた。

――谷津流のお祭りは変わっているの？

訊いたのは桐人だった。桐人の母は日に焼けた顔に微苦笑を浮かべて、こう答えた。

――そうね。他のお祭りとは、ちょっと違うわね。でもその違いはきっと、ここでは必要だからなのよ。

変わっている。違っている。

集落の祭事は長谷部家がつかさどっている。白鷹御奉射祭りが変わっているとしたら、祭りを仕切る長谷部家も変わっているということだ。不安に駆られ、幸男はより詳しい説明を求めた。

桐人の母は「おばちゃんが生まれたところのお祭りはね」と、優しく教えてくれた。祇園祭など日本各地の有名なお祭りについても。

以降幸男は、祖父や父、地域が受け継いでいる古い風習や祭事が、なんとなく恥ずかしいことのように思えてならないのだった。十歳前後の少年——声変わり前というのも条件に入る——がわざわざ、地元の昔話にしか出てこない神に輿入れするために着飾って、山中で一夜を明かすだなんて、二人の男が言ったとおり普通じゃない。秀明の親が珍しくないと言ったのも、せいぜい子どもが化粧をしてお稚児になり、練り歩く程度のことだ。一晩山のお社に嫁入りを模して泊まるなんていうのは、よっぽどだ。

奇妙なことに、桐人が惣左衛門のもとへと足しげく通い出したのも、前々回の大祭からだった。同じ言葉を聞いたはずなのに、桐人は幸男と正反対の反応をしたのだ。幸男は桐人の気持ちが理解できなかった。

去年の大祭のヨメゴ候補に、最初に名前が挙がったのは幸男だった。祖父も父も子どものころにやったのだと諭(さと)されたが、幸男は断固として拒否をした。たった一人で見知らぬお社に夜中取り残されるのが、どうしても怖かったというのもある。お社があるとされる白鷹山頂上付近は、大人たちが「絶対に近づいちゃ駄目だ」と口を酸(す)っぱくして言い含めるので、子どもたちは誰もそれを見たことがなかった。山道も、山頂手前の八合目付近で途切れており、それこそ祖父や限られた大人しか、お社への行き方を知らないほどだ。

幸男のかわりに自分がやると桐人が名乗り出たとき、幸男は恐怖の一夜を逃れられたと、ほっとした。

そしてまた、当時の判断は正しかったと振り返る。あのとき桐人が名乗り出ず、祖父や父に押し切られて輿に乗っていたら、オカマだと揶揄されたのも自分だったはずだ。

入学式の日、もしも自分がいじめの標的になりそうだったら、桐人にその貧乏くじを押しつけよう――卑怯なことだが、幸男が得た天啓はそれだった。自分の次に体格が劣り、集落の習わしになぜか興味を持って、ヨメゴ役も買って出た。あいつは去年地元の祭りで女装して、白鷹山の神様に嫁入りしたのだと教えてやれば、きっと面白がられる……幸男は見抜いて、いけにえに差し出すつもりだったのだ。

結局は幸男がなにもせずとも、桐人が秀明にモールス信号の意味を尋ねて、墓穴を掘ったが。

「静香は元気かよ」

お昼ごはんの海苔巻きと昨夜の残りの天ぷら、玉子とニラの味噌汁をがっつきながら、武男は訊いてきた。弓道部に入部した武男だが、部員も少なく、活動日数も週に三日で、たっぷり練習できそうな土曜日ですら休みなのだ。だが武男が不満を述べることはなかった。幸男は兄が弓道部に入った理由を、中体連で好成績を収めるとか、全国大会を目指すとかではなく、将来任されるだろう祭事に備えるためだと見ていた。大祭の年もそうでない年も、射手は毎年必要なのだ。

「別に。大して変わらないよ」本当は、日ごとに元気をなくしているように幸男の目には映っていたが、あえて教えなかった。「兄ちゃん、毎日同じこと訊くね」

「だってよ。気になる」

好きだから？　という質問は、兄弟の間では気恥ずかしくてできないので、話題を変える。

「……兄ちゃんは射手やりたい？」

「おう。祖父ちゃんが許してくれたらやりたい。でも、中学生の間は無理かな。どうだろ」

武男は茶の間でくつろぐ祖父と両親に、ちらと目をやった。今の季節だと、急いで収穫しなければならないものはないので、空模様が思わしくない日は、田畑の仕事を早めに切り上げるのだ。

「射手をやらせるとしても、せめて十六になってからだ」

胡坐（あぐら）をかいていた父が、体をねじるように振り返って、武男に釘を刺した。武男は下唇を少し前に突き出す。

白鷹山の山道は、黒蛇山とを隔（へだ）てる谷沿いにある。合計七つの木の祠（ほこら）が山道のところどころにあり、毎年祭りで山頂へ向かう際には、祠ごとにお供え物をして、そこから谷を越えるように矢を射る習わしだ。意味はわからない。昔の言い伝えでは、黒蛇山の蛇神様は悪さをしたことになっているから、それを懲（こ）らしめてくれた鷹神様への感謝表明と援護射撃を様式化したものかもしれない。どのみち幸男は、祭りに関わるのは一切ごめんなのだ。

海苔巻き一つをそのまま口に入れて、武男は味噌汁で流し込んだ。

「本条（ほんじょう）さんはどんな子だよ」

その質問も、何度かされた。幸男は歯向かわずに同じ答えを繰り返す。「悪い子じゃないと思うけど、向こう側の子だから」

一組には本条緑（みどり）という大人びてきれいな女子がいる。ニュータウン側の子で、父親は駅近くにできた大型スーパーの店長だった。

静香と緑は、それぞれの派閥の対立とはまた別なところで、互いを避けているふうである。より詳しく言えば、緑はニュータウンの子にしては珍しく、静香に歩み寄りたがっている気配があるが、静香が逃げ腰なのだ。

ニュータウンが今みたいに発展する前の静香は、もっと明るくて、女子で固まるより、男子にまじって遊ぶ子だった。扇状地の原っぱで、土や草のつゆが服に付くのもいとわなかった。

今、静香のセーラー服は、大人しい子のそれのようにきれいなままだ。

「あとさ。おまえ、桐人をなんでほっとくんだよ。俺たち、こっち側の仲間だろ」

一組の中で桐人が厳しい立場にいるという情報を、武男は早々に得ていた。だから、頻繁にクラスを覗きにきては、いじめが起こっていないか目を光らせ、からかいの現場に居合わせようものなら、相手の胸倉を平気で摑みにかかる。ニュータウンの男子は、桐人をからかうものの手荒なことまではしない。武男の行動について、ニュータウン側の保護者から苦情が来たと、何度か聞いている。「昔からの土地の子は乱暴だ。育ちが悪い」とＰＴＡの会合でも言われたそうだ。「あちら側も開発してしまえば、もっと地価も上がるのに」「開発を拒むのは理解できない。なにごとも新しくしていかなければ」と、谷津流の住民に苦言を呈することもあるようで、こちら側の大人、とりわけ祖父は、「新参の連中は、わしらが守ってきたものを軽んじている」と苦々しげだ。

要は、子どものみならず、大人も仲良くできていないのである。

「なあ、あっちの奴らとは仲良くするなよ」

幸男は武男の半分も食べずに、食器を流しに下げた。

一組の中で幸男は、地元の子どもながら唯一ニュータウンの子どもたちと行動を共にしている。

仲良くはしていないが、グループの端っこにいて、桐人がからかわれるのを止めるでもなく眺めている。たいてい、秀明の横だ。

　これは幸男なりの自衛だった。自分は弱いと認めているから、形勢が有利な側にさりげなく紛れる。童話で読んだコウモリみたいだが、桐人はオカマと嘲られてもどこ吹く風なので、罪悪感もいくらか薄らぐ。

　桐人は変わっている。嘲笑などまるで聞こえていないみたいに振る舞う。ヨメゴを務めた一夜だって、子どもたちから「お社はどんなだった？」「お化け出たか？」と尋ねられても、「小さな納屋みたいだった」「お化けは見なかった」とあっけらかんと答え、怖かったとは一度も言わなかった。

　これでいい、本人が気にしていないのだからと、幸男は屋根を叩く雨音を聞きながら、自室へ戻りかけた。

　自室へ戻るには、玄関横の暗い階段を上らなければならない。幸男が広い土間の玄関に通じる廊下に出ると、ちょうど「ごめんください」と戸が開いた。

　やってきたのは桐人だった。右手には濡れた傘を、左手には大きな手提げ袋を持っている。開け放しの戸の向こうに、前庭の松と、松の下にひっそりと立つ木造の祠が見えた。

「惣左衛門さん、いる？」

　幸男は頷いて、家の中へ向かって「桐人が来た」と叫び、そそくさと二階に上がった。

　桐人はコウモリみたいな自分をどう思っているだろう？　そう考えてしまうほどに、彼は幸男の自己中心的な処世術を責めない。サルに小馬鹿にされたとしても、本気で腹は立たないのと同じ理屈で、みんなどうでもいいと思っているのかもしれない。

聞こえよがしの「オカマ」を気に留める様子もなく、桐人は授業時間以外たいてい教室で本を読んでいる。図書室にある本も読むが、祖父が持っている和綴じの古めかしい本も読む。長谷部家には昔に書かれた土地の伝承に関する本が、大きな行李二つ分あり、祖父はときどきその中から何冊かを読み聞かせてから貸すのだ。中身は崩した筆の字で、幸男なら目にしたくもないのだが、それを横に置いておくとしても、定期的に虫干しをして大事にしている古い本を貸すこと自体、桐人がいかに祖父に気に入られているかが窺える。

階下から、祖父と桐人が和やかに過ごしている気配が忍び上がってくる。今日の雨模様をいいことに、桐人も家の畑を手伝わず、心ゆくまで祖父から土地の昔話や古文書の中身を聞かせてもらうつもりなのだ。

ああいう変な奴がいるから、嫌なのだ。幸男は軽く畳を蹴った。比較されて「おまえももっと話を聞け」と、両親からつまらない小言を受ける。「本当なら、長谷部家の子どもが、一番知っていなければならないのに」と嘆かれる。跡継ぎの兄が知っていればいいと口答えして、かわりに漫画を手に取ろうものなら、長いため息をつかれる。

――あのね、祖父ちゃん。僕にも教えてほしい。

幸男だって、何年か前に一度だけ、祖父にそれを乞うてみたことがある。知りたいのではなく、可愛がってほしかったのだ。祭りをはじめとする田舎の因習を恥ずかしいと思う気持ちから目を逸らし、うわべだけでも昔話をせがんでみせれば、祖父が喜ぶのではないかとも思った。祖父が破顔するのが見たかった。けれども祖父は、幸男の思惑を見抜き、こうつっぱねたのだった。

——おまえの頭でちゃんと考えて、心から望んで言っているのか？　それともあれか、ごますりか？　ごますりなら、身にはならん。時間の無駄だ。

まるで叱られているみたいだった。恐ろしくて幸男は逃げ、二度とこんなことは頼むものかと心に誓った。

幸男は強くなってきた雨脚を窓越しに見やる。滴は大きく速く直線的で、だんだんと白い矢のようになる。晴れた日には、窓の左端に白鷹山と黒蛇山が窺えるが、今は雨の矢の向こうだ。

こんな日でも、ニュータウンのマンションからは、太平洋が見えるのだろうか。

幸男は現代的な街の生活を、ひそかに羨んだ。

＊＊＊

五月の中頃、二日かけて一学期の中間テストが実施された。

ニュータウン側には、進学塾に通ったり家庭教師がついている子が何人かいた。保仁もその一人だった。幸男ら地元の子は、全員自力だ。

幸男は怠けなかった。かといって頑張りもしなかった。ものすごく頑張ったところで、たかが知れているからだ。

勉学の環境という点では、ニュータウン側に分がある。秀明も自信ありげだった。彼はそのアイドル然とした声と容姿で、クラスの女子の人気を派閥問わず一身に集めていた。小学校時代の秀明を知る女の子たちは「一番は相川くんだと思う」と断言した。聞くところによると、彼の父親は有名大を卒業していて、会社でもただの工場勤めではなく、なにやらすごいものを開発しているらしい。緑は「コンピュータの脳みそになる部分みたいよ」と教えてくれた。それなら、授業でわからないところがあっても、親に訊けばいい。幸男の祖父や父は、因習や昔話については詳しいが、方程式にはきっと苦戦する。そして、因習や昔話は、中学のテストで絶対に出ない。

中学校では主要五科目の総合成績上位者十名、科目別では上位五名の氏名が、廊下に貼り出されるシステムである。

中間テストの結果で、またニュータウン側は一つ勝ちを得るだろう。いくら新入生代表の桐人でも、塾や家庭教師がついている生徒には、歯が立たないに違いない。桐人の母親は、この地域の住人にしては珍しく大学を卒業しており、インテリだと評判だが、幸男からすればお祭りに詳しいただの農家のおばちゃんだ。保仁などは結果が出る前から、「田舎の連中に負けるはずがない」と息巻いていた。

だが、実際は違っていた。

学年一位は、桐人だったのだ。

各科目とも全部一番上に名前があった。

小学校のころは成績上位者がこんなふうに公（おおやけ）にされることはなかったので、優等生だと知ってはいたが、驚かされた。

朝、掲示されていたテストの結果に、武男は自分のことみたいに快哉を叫んだ。のんびりと一人登校してきた桐人を捕まえ、「おまえすげーな」と生徒たちがたむろしている中に引っ張っていき、「すげーすげー」と繰り返した。

不利と思われていた地元勢から、文句なしの一位が出たのだ。他の生徒は確かにぱっとせず、静香の国語四位がぽつんと記されている以外はニュータウン組の氏名が並んでいたものの、すべて最上位というのは大きすぎるインパクトだった。

当の桐人はちらりと掲示を見たものの、大して嬉しがることもなく、まるで他人事のような顔で教室の席に着いた。

「なんだあいつ。オカマのくせに」

保仁が苦々しげに吐き捨てると、ここぞとばかりに十位に名前がある慎次郎も続いた。

「カンニングしたんじゃないのか」

「田舎者のくせに、家庭教師つけてるのか?」

ニュータウンの連中から発せられる難癖が飛び交う向こうで、一人黙っていたのは秀明だった。だが、彼が一番悔しがっているのは、表情で明らかだった。勇ましい眉は少しつり上がり、歯を嚙みしめているのか、顎に力が入って輪郭が硬くなっている。秀明はすべてにおいて二番だった。

学年一位の生徒がこのままいじめられるか、それとも成績という後ろ盾で力を得てしまうのか。幸男は自分のこれからを考えた。桐人が標的から脱してしまえば、もっとも弱いのは自分になる。

今回地元側は一つ白星を拾ったが、だからといって地元側のグループに戻れば、ニュータウン側の連中は自分に目をつけるのではないか。

幸男はそっと秀明に近づいて、「あいつ、丸暗記だけは得意だから」と囁いた。「期末では勝てるよ」

「あっそ」

秀明は一言残して、教室に入っていった。

慎次郎がやってきて、「オカマが嫌がることを教えろよ」と幸男の脇腹を肘で小突いた。情報を保仁に献上して、手柄を得ようという腹に違いなかった。

幸男は脇腹より胸の中に鈍い痛みを覚えつつ、「……読んでいる古い本を取り上げたら嫌がると思うよ」と答えた。

保仁が幸男の助言どおりの行動に出たのは、その日の昼休みだった。自分の席で桐人が祖父に借りた和綴じ本を広げたとたん、横からそれを奪ったのだ。

「なんだ、この汚い本」

桐人は怒らなかったが、毅然と「返せ」と歯向かった。もちろん保仁が聞き入れるはずはない。保仁は和綴じ本を持った右手を高々と掲げた。桐人の背丈では届かない。

「やめろよ」

保仁の行いを諌めたのは秀明だった。だがそれも聞き入れられなかった。

「秀明がふがいないから、こいつが一番になったじゃねえかよ」

保仁は和綴じ本を思いっきり教室の後ろの壁に向かって投げた。女子の誰かが「きゃっ」と叫んだ。拾おうと向かいかけた桐人の足元に、保仁は自分の足を出した。桐人は転んで床に這いつくばった。慎次郎が大声で嗤った。

「桐人になにしてんだ、てめえ」

そこにちょうど、二組から武男がやってきた。いつもの巡回で、決定的な場面を目にした武男は、憤怒に顔を赤くして保仁を突き飛ばした。保仁は机をなぎ倒しながら尻もちをついた。女子の誰かがまた悲鳴をあげた。しかし保仁も負けてはいなかった。すぐに起きあがり、武男の胸倉を摑んだ。静香が教室を走り出ていく。

「田舎者がいい気になるなよ。俺の父さんや伯父さんがいなけりゃ、ずっと未開人だったくせに」

「なんだと？」

気色ばんだ武男が保仁の詰襟を摑み返す。

「落ち着きなさい、二人とも」

静香が職員室から浜岡先生を連れてきた。先生の一言で、二人は睨み合いながらもいったん距離を取った。

と、丸みのある声が教室に響いた。

「入学式で話したことを忘れたかね？」

浜岡先生に続いて教室に入ってきたのは、校長の辻先生だった。背広の前を開けてあんこ腹を突き出した辻校長は、武男と保仁の間に割って入った。

「どうして喧嘩になったのか、話してごらん」

「こいつが桐人を転ばせたんだ」

「そうなのかい、野波くん？　どうしてそんなことを？」

転ばせるより前に、保仁が桐人の和綴じ本を奪い取って投げ捨てている。なぜ保仁が和綴じ本に手を出したかをさかのぼれば、幸男の情報に繋がる。そこまで答えられるのを幸男は怖れたが、保仁はふてくされた顔で無言を貫いた。

「とにかく、お互いに謝って仲直りだ」浜岡先生が先を急いだ。「ほら、野波。長谷部も」

二人とも謝らない。当然だ。こういう場合、先に謝ったほうが負けなのだ。

「まったく」

浜岡先生が呆れた面もちで白衣の腕を組む。すると、辻校長が口を挟んだ。

「それじゃあ、ゲームで勝負するのはどうだ？」

「ゲーム？」

武男と保仁が揃って聞き返し、真似をするなとばかりに睨み合う。辻校長は「まあまあ」と笑った。

「なにも殴ったりなんだりしなくても、勝ち負けはつけられるさ。ルールは先生が決める」辻校長には、なにか考えがあるようだった。「二人は二つの地区の代表だ。でも、仲間をつけてもいいよ。うん、協力者がいたほうが楽しいだろう。みんなで一つのゲームをして、それで勝負だ。

喧嘩ではなくね。ゲームは……今日はいい天気だから、放課後にやる。今日起こったことは今日決着をつけるんだ」

＊＊＊

放課後、辻校長は大きなカバンと折り畳みの椅子、イーゼルを持って一組の教室へやってきた。

「揃っているかい？　じゃあ、行こうか」

谷津流のグループには武男のほかに桐人、女子は静香がいた。静香は武男が無理に誘って首を縦に振らせた。それでも数は少ない。ニュータウン側は保仁に秀明、慎次郎、緑。緑は静香が武男に言い含められているのを見て、自分も参加すると手を上げた。保仁はそれに脂下がった顔になった。

幸男はニュータウンのほうについた。保仁が「人数は多いほうがいい」と寝返りを許さなかったのだ。武男が猛禽類のような目で睨んでくる。

昇降口で靴を履き替えていると、二年の津島元気と矢田源太郎が帰るところだった。源太郎は、慎次郎の兄だ。校長は二人を見かけて「ほら、二年のこの二人は、ちゃんとやれているだろう？」と一言諭した。慎次郎がちっと舌打ちした。

元気が「校長先生、武男たちとどこかに行くんですか？」と訊いた。

「ああ、ゲームをしにね。そうだ、君たちも来るかい？」

地元側とニュータウン側で、校長が決めたルールにのっとり勝負をするのだと知ると、元気と源太郎は顔を見合わせた。

「元気」武男は二年の元気も呼び捨てだ。「おまえんちのことは気に入らねえけど、今日はこっちに入ってくれよ。頭数がいるゲームだったら困る。ただでさえ裏切り者がいるんだ。幸男っていう」

幸男は足元に目を落とした。強い兄が元気を誘うくらいゲームに勝ちたがっている。

元気の両親は、谷津流地区の住人でありながら開発賛成派で、所有していた稲作地の大部分を不動産会社に売り飛ばし、地元住民の顰蹙(ひんしゅく)を買った。今そこはゴルフ場および、もっと麓よりの自然公園を造成している作業員たちが使う仮設事務所や、トラックなどの駐車場と化している。元気の父親は、農業に見切りをつけて現場作業員になった。元気の一家は、谷津流の中での鼻つまみ者なのだ。

一方で保仁も源太郎を誘った。「慎次郎の兄さんも、俺らについてくれるよな」

二人の二年生は従った。ゲーム勝負に興味を引かれたのではなく、それぞれの地域で力を持つ家の子には逆らえない、といった雰囲気だった。

大荷物を抱えた辻校長の後ろを、みんなで列になって歩く。辻校長は道路を越えず、武男たちの集落へと向かった。

保仁が「あいつらの領土でやるのはずるい」と言った。

幸男は校長の荷物にイーゼルがあったのを見た瞬間から、ゲームの場所は彼がときおり水彩画を描いている扇状地の原っぱなのではないかと想像していた。ゆっくり三十分ほどかけて着いた先は、やはり想像どおりだった。

白鷹山と黒蛇山から流れてくる御八川沿いの、手つかずの自然が広がるところ。子どものころからの遊び場だ。草が茂り、背の低い木が生え、小さな花々がそれら緑の中で彩を撒く。草むらに咲く花の色は様々で、今はハルジオンの白や、タンポポの黄、ツユクサの青がちりばめられているが、もっとも目を引くのは、鮮やかな朱色のヤマツツジだった。ここに茂るヤマツツジは、樹高こそ一メートルほどしかないが、山裾へ近づくほど密に群生しており、また山中にも花開いていて、まるで麓を覆う炎が山を焼かんとしているようである。

「みんなには、一枚絵を描いてもらうよ。ここから見える野原と山の景色だ」

辻校長は二つのグループにそれぞれ画用紙とクレヨンの箱を一セットずつ手渡した。大きさからして、十二色入りだ。

「今渡した道具を使って描く。早く描き上げたほうが勝ちだ。じゃあ、始め」

手を叩いてスタートを宣言すると、校長は一人折り畳み椅子を地面に置いて、イーゼルを立てた。自分も勝負を待つ間に、一枚水彩画を仕上げる心づもりのようだ。

「絵を描けばいいんだろ、朝飯前だ」保仁はすぐに取りかかろうとした。「早ければいいんだ。上手くなくていい。ざっと描いて終わらせるぞ」

保仁は渡されたクレヨンの箱を横にスライドさせた。

「あ?」

発せられた妙な声に、幸男は現れたクレヨンの中身を覗く。

新品のセットだ。使った形跡はない。

でも、手が加えられていた。

緑が「え、どうするの?」と、形の良い唇に手を当てる。「あの花、赤いわよ」

そうだ。ヤマツツジは朱色だ。赤を使う。

でも、クレヨンの箱は。

「赤が抜かれている」

秀明がきわめて正確にそれを言葉にした。

第二章　仲良くなれない

「手違いじゃない？」緑は一本分空いたスペースを指さした。「校長先生に言えばいいんじゃないかな」

「手違い？　どうして？」秀明は詰襟の首のホックを外し、ついでに一つ目のボタンも開けた。「これは新品だ。ほかのどの色も、先は減ってない。なのに赤だけがない。不良品じゃないなら、わざとだ」

「校長先生が抜いたってのか」保仁が頬を膨らませた。「なんのためにだよ」

幸男は少し離れた場所に立つ、谷津流側の四人に視線をやった。彼らも貸し与えられたクレヨンの箱と辻校長を交互に見ながら、首を傾げている。やはり、なにかがおかしいと戸惑っているふうだ。

「お、俺がクレヨンを出そう」

二年の源太郎が変におどけた声を出したが、弟の慎次郎がそれを邪険にする。「兄さんに構うなよ」

「ともかく、校長先生に言おうぜ」言いながら保仁は既に辻校長のもとへと歩き出している。

「赤がなければ、ここは描けないんだから」

ヤマツツジの朱色(しゅいろ)が、この景色で一番目立つ色なのだ。

幸男もついていく。慎次郎と緑も続いた。源太郎と秀明はその場で待っている。

保仁の歩調はどんどん速くなる。肉付きの良い肩をいからせ、腕を前後に大きく振る。

「野波くん、冷静に話してね」緑がなだめた。「もしかして、誰かのミスにも、むやみに怒らずに、礼儀正しい言葉遣いができるかどうかっていうテストかもしれないもの」

保仁の動きに気づいたのだろう。武男もクレヨンの箱を片手に辻校長へと向かい出した。ばかりか、先手を打つつもりか、声までかけた。

「校長先生。俺ら、赤色が入ってない」

原っぱにとどろいた武男の声を待っていたかのように、辻校長は折り畳(たた)み椅子(いす)から立ち上がって振り向いた。

「そうだよ。どちらのグループにも赤はないよ」辻校長は足元に置いたカバンの中から、二本の赤いクレヨンを出した。「ここにある」

「それを一本貸してください」

保仁が要求するように突き出した右手を、辻校長はこんな言葉でいなした。

「言ったじゃないか。これはゲームだよ。赤いクレヨン抜きで、ヤマツツジの色を表現できるかどうか。それを競(きそ)うゲームだ」

武男と保仁がその場に立ちすくんだ。辻校長は続けた。

「ルールを補足しよう。自分の絵の具やクレヨンを取りに、家に戻っちゃ駄目(だめ)だ。この辺は長谷部くんたちの家のほうが断然近いからね。全部この原っぱの中でなんとかするんだよ。あと、手持ちの道具も制限する。君たちの筆箱の中には、赤いペンがあるかもしれない。でもそれを使うのは反則だ。赤のサインペン、ボールペン、色鉛筆……赤い色を塗(ぬ)ったり書いたりする用途で作られたものは、使っちゃいけない。そういうので赤い花が描けるのは、当たり前だからね」

「つまり、どういうことだよ」武男だった。「ないものはない。これじゃ描けない」

「工夫してみなさい」辻校長はなんだか楽しそうだ。「ここで代用できるなにかがあるかもしれない。あるいは疑ってみるのもいい。ヤマツツジは本当に赤いのかな？　赤だけなのかな？　とね」

「あの花は赤く見えるけど、じゃあ、青いクレヨンで描いてもいいんですか？」今度は保仁だ。

「それなら簡単だ」

「どうするかは自由だよ」校長ははっきりと笑った。「ただ、先生は理由を訊(き)くだろうね。先生には赤い花に見えるが、どうして君は青く塗ったんだい？　と。理由に先生が納得できたら、オーケーだ」

ともあれ頑張(がんば)りなさいと、辻校長は椅子に尻を下ろした。

「赤いクレヨンがないから青く塗った、って言えばいい」

慎次郎の意見は、秀明が即座に却下する。「校長が納得するはずがない。わざと赤を抜いてるのに」

「似た色は？　橙色とか……」緑は自分で自分の言葉を退けた。「同じね。どうして橙色なのか訊かれるだけ」

「工夫しろって言ってたな……そうだ」保仁がひらめきを得た顔で言う。「青と黄色を混ぜたら緑になるだろ？　緑の緑。だから、色を混ぜて赤を作ればいいんだ」

「無理だよ」秀明は保仁にも遠慮しなかった。「赤は作れない」

「やってみないとわからないだろ」

「わかるよ。赤は三原色の一つだから」

保仁の腰ぎんちゃくの慎次郎が「三原色ってなんだよ」とつっかかるも、保仁本人は「あ、聞いたことあるな」と考える顔になった。秀明は淡々と説明した。

「簡単に言うと、組み合わせれば全部の色を作ることができる、大元の三つの色。絵の具なんかで作る色の三原色は、正確には赤じゃなくてマゼンタっていって赤紫みたいな色だけど」

「じゃあ赤紫を作れば……駄目か」緑はまたしても言葉の最中に己の甘さに気づいた。「そもそも紫を作るのに赤が必要だわ」

渡された十二色入りのクレヨンセットには、紫は入っていないのだった。ずしりと空気が重くなる。

「じゃ、じゃあ……俺が赤のクレヨンを出す。ご、ご覧あれ」

源太郎がズボンのポケットから白いハンカチを取り出した。なにをしようとしているのか摑めず、幸男はついその手元に注目した。源太郎のハンカチは彼の左手の拳を隠した。

「はい、出てくる出てくる」

幸男の口が知らず開いた。確かにハンカチの中で、棒状のなにかが若竹のように伸びてくるではないか。

「兄さんやめろよ、馬鹿かよ」

慎次郎がハンカチを叩き落とした。現れたのは、なんのことはない、ただ人差し指を立てているだけの手だった。保仁は舌打ちし、緑はため息をついた。場が一気に白けて、源太郎はそそくさとハンカチを拾い、ポケットに突っ込んだ。

慎次郎が毒づく。「だから兄さんは嫌なんだ、誰も相手にしてないのに」

「幸男、偵察に行け」保仁が命令してきた。「向こう側の奴らがどんな策を練ってるか、探ってこい」

どっちつかずのコウモリだからこそ、できる役目だ。幸男は保仁に従った。

武男、桐人、静香、元気の谷津流組四人は、原っぱのほぼど真ん中に腰を据えた辻校長を挟んだ北側、地元の言い方をするなら、黒蛇山の側にいた。御八川に近いほうとも言える。この扇状地は、黒蛇山と白鷹山の間を流れ下ってくる御八川が作った地形だということを、谷津流の子どもらは小学校の社会の時間に教わっていた。扇状地の南側は、農地として利用されているが、北側半分は川に近くて水も引きやすいはずなのに、誰も耕さない。祖父は、「北側の土地は死に地だ」と言っていたことがある。

とにもかくにも、彼らがニュータウン組より北側にいるのは、負けの第一歩ではないかと幸男は思った。どちらも死に地でゲームしているのは変わらないが、その中でも南北で分けるなら、北側のほうがより悪い感じがする。

　武男が近づく幸男に気づいて、眼光を鋭くした。「なんだおまえ」

　幸男は努めて自分は無害だという顔をしてみせた。それから情報を得るために、あえて情報を一つ提供する。

「知ってる？　ここにあるクレヨンじゃ、赤い色は作れないんだって」

「知ってる。三原色だ」桐人はサイズの合っていない詰襟に顎先を埋めた。「ここの原っぱにあるもので、代用できるものを探さなきゃ。赤い実がなる植物とか……」

「おい桐人、黙れよ」武男が制した。「こいつ、スパイだぞ」

「あっ、ごめん」

　しかし、それだけ聞けば充分だった。幸男はすぐに取って返し、あっちは赤い実を探しているようだと教えた。

「潰して汁をつけるのか。でも、そんな実あるのか？」

　保仁に尋ねられるものの、これぞという返答はできない。「わかんない」

「実って普通、秋に実らない？　探してもあるかな」

　緑が常識的な指摘をして、保仁もそれに「だよな」と同意した。武男に睨まれてまで情報収集をしたのに、まるで役に立たなかったようで、幸男は懸命に名誉挽回を試みる。

「だったら、本物のヤマツツジを取ってくれば？　ヤマツツジの花の汁をなすりつけるんだ」

ヤマツツジは山裾から山の中腹にかけて咲いている。幸男は手近な一本に向かって走り出した。驚いたことに、全員がついてきた。

山に近づくほどに、足元が悪くなる。原っぱの中に背の低い木々が多くなる一方で、ときおりゴロゴロとした大きめの石が土から顔を出している。幸男はその変化に慣れていたが、ニュータウンの子らはスピードが遅くなった。

一番近いヤマツツジの木まで、あと少しというところだった。

「なんだ、これ」

秀明が足を止めた気配がした。振り向くと彼は、低木の下を覗き込むようにしゃがんでいた。

「お墓か？　ここって墓地なのか？」

墓地でもなんでもない、ただの扇状地だ。なんのことを言っているのかと一瞬不思議に思ったが、すぐに幸男は秀明の勘違いを理解した。秀明はあれを見たのだ。

「それ、墓石じゃないよ」幸男はあともう少しだったヤマツツジの花をついに二つ三つと摘んで、秀明のところへ駆け寄った。「昔からそこにある」

「なんだ。じゃあ石碑かな。倒れて壊れた墓石かと思った」

保仁や慎次郎も口々に同意した。

「ほんとだ、墓みたいな形だ」

「苔がついてる」

「小学校に上がる前くらいまでは、倒れてなかったんだけどね」

緑が恐る恐る石の一部へ人差し指を向けた。「なにか彫られているみたい」

「うん、文字だな」秀明は興味を引かれたのか、墓ではないと聞いて安心したのか、手を伸ばして苔を払った。「へ……のふ……砕けてるし摩耗してるしで読めないな……ねる……ず？」

「うちの祖父ちゃんに訊けば、わかるかもしれないけど」じゃあ桐人はとっくに質問して、答えを知っているかもしれないと、ちらと思う。「ともかく、花は摘んだ。これを紙に」

受け取った保仁が、力いっぱい紙に花を押しつけたが、すぐに「駄目だ」と吐き捨てた。

「潰した汁だけだと色が薄い」

「重ねづけしたら？」

慎次郎の提案は緑が止めた。「ちょうどいい色になる前に、押す力で紙が破れちゃうわ。花びらを直接貼るのは？」

それはとても良い考えに思われ、幸男も勝利への希望が膨らんだが、各自カバンの中身を検めると、希望の風船はあえなくしぼんだ。

「ノリを持ってない。テープも」

接着する文具がないのだった。

「静香ちゃんたち、本当になにか探してる」

緑が呟く。彼女の視線の先では、谷津流の四人が草むらに目を凝らしながら動き回っていた。

「もしかしてあいつら、春に赤い実をつける植物を知ってるのか？」

保仁の声には焦(あせ)りがあった。

「桐人なら知ってるかも。あいつはうちの祖父ちゃんからいろんなことを教えられてるから」

「だったらまずいじゃないか。俺たち間に合わない」

慎次郎が頭を抱えたときだった。

「いや、こっちが先だ」

秀明が自分の筆箱からなにかを取り出した。

「探してるってことは、あいつらはまだ見つけてないんだろ？　俺は今すぐに赤を塗れる」

幸男はもちろん、ニュータウン側の全員の目が集中する中、秀明は右手に持った小さな金色の鞘(さや)から、銀の刃(やいば)を引き抜いた。

「貸せよ、その紙」

秀明は少しもひるまなかった。

秀明の指が画用紙を滑(すべ)る。その動きの後を真紅(しんく)が追いかけた。


秀明は持っていた肥後守(ひごのかみ)で自分の指を自ら切り、血で赤を作ったのだった。

その他の景色は三分とかからず雑に仕上げたが、彼は自信たっぷりにそれを辻校長へと提出した。これは赤を作るゲームなのだから、ヤマツツジ以外は適当でいいはずだと。

そして、本当に勝ったのだ。

辻校長は緑が持っていた絆創膏(ばんそうこう)を彼の指に巻きながら、「こんな無茶をするなんて」とたしなめた。

「たかが肥後守です、大した傷じゃない。鉛筆削りが下手だったころはもっとひどくやったことがある。こんなの、明後日にはかさぶたになってる」

そんな言葉で辻校長の小言と心配を吹き飛ばすと、秀明は白紙の画用紙を持った谷津流の四人に、勝ち誇った顔を向けた。

「桐人っていったっけ、おまえ」秀明が話しかけたのは、武男ではなく、桐人だった。「おまえさっき、なに探してたの?」

桐人は隠さなかった。「ヘビイチゴだよ、相川くん」

「秀明でいいよ」

「ヘビイチゴは、五月、六月に赤い実をつける。この原っぱのどこかにはあると思った」

「へえ、物知りだな。ヘビイチゴとか俺は初耳。でもさ」秀明の口調は、ほとんど挑発だった。

「血が赤いのだって知ってたろ?」

テストで負けたのがよほど悔しかったのだろうか。秀明は武男や静香、元気をまったく無視して、桐人にだけその言葉を言い放った。

「せっかくお利口さんなのに、なんの役にも立たなかったな」

「おい、勝ったからっておまえ」

さすがに息巻いた武男を、辻校長が止めた。

「勝負が終わればノーサイドだ。君たちは一緒にゲームをした。もうただの喧嘩相手じゃない。

一緒に遊ぶことができるんだ。それを忘れないように」

武男と保仁がしばし睨み合い、ぷいと顔を背ける。元気と源太郎はいつの間にかグループから離れて二人でいた。原っぱをあとにしようかというとき、緑が静香に駆け寄った。

「ねえ、あの、教えてほしいんだけど」

静香のつぶらな目がいっそう丸くなった。「え、なに?」

「私たち、さっきあの原っぱの奥で、壊れた墓石みたいなのを見たの」

「ああ、あれ」

子どものころは男子にまじってここで遊んだ静香は、すぐに思い至った表情になった。

「あれになにか文字が彫り込んであったみたいなんだけど、なんて書いてあるのか知ってる?」

幸男は自分の祖父に訊けばわかるかもしれないと言ったが、緑は静香に訊いた。話しかけるきっかけが欲しかったのだと、幸男は見抜いた。緑はなぜだか静香をずっと気にしている。このゲームも、静香が参加するから緑もそうしたのだろう。

静香の視線の先が武男に移る。彼女は幸男と同じことを答えた。

「そういうことは、武男くんたちのおうちの人が詳しいよ」視線はそのあと、桐人にも注がれた。

「桐人くんもたぶん……」

「おまえも知ってんのか?」

秀明が桐人に質すと、桐人は頷いた。「惣左衛門さんが教えてくれた」

「なんだよ」

「へびのふもとにゐるべからず、だって」

「どういう意味だよ」

秀明は意味を気にする性分のようだ。去年の大祭でも、祭りで歌われる歌詞の意味を質問してきた。

「そこまでは知らない」

正直に返した桐人に、秀明は肩を竦めた。「ただ暗記してるだけかよ、おめでてーな」

「惣左衛門さんって、長谷部くんのお祖父さんだっけ」静香に向けた緑の声は、ことさらに明るい。「私も意味を聞いてみたいな」

「長谷部くん、どうだね」辻校長が柔らかな声で提案をした。「せっかくの機会だ。ニュータウンの子たちをおうちに呼んであげては？　惣左衛門さんはここらの土地については誰より詳しい。谷津流のことをよく知るのは、ニュータウンの子たちにとっても良いことだ」

「なんでいいんですか？　なにもない田舎なのに」

納得がいかない顔の保仁にも、校長は穏やかに言い含める。

「なにもなくはない。謎の墓石みたいなものがあったそうじゃないか。ニュータウンには大きなスーパーやマンション、きれいな公園もあるね。それと同じで、線路と道路のこっち側には、こっち側にしかないものがある。その中には良いものだってあるはずだ」

惣左衛門さんたちのご迷惑じゃないなら、教えてもらうといいよと、辻校長は繰り返した。

幸男は兄の武男を見た。気乗りのしない態度を隠していなかったが、興味を示し続ける緑に静香がほだされかかっているのを見て、腹を決めたようだ。

「じゃあ、うちに来いよ。うちの祖父ちゃん、昔話するの好きだし」

「本当？　ありがとう」

緑が白い歯をこぼすと、保仁も「緑が行くなら俺も行ってやる」と顎を上げた。

結局、原っぱで対決した全員が、幸男の家を訪れることとなった。幸男たち兄弟を除けば、ニュータウン組五名、谷津流組三名と、それなりの人数だ。辻校長は満足そうに丸顔を綻ばせていた。

本当にこれで、谷津流にしかない良いところを知って、ニュータウンの連中と仲良くなれるのか？　こっちもいいなと、認めるのだろうか？　武男を先頭に歩く道々、幸男はずっと考えた。考えれば考えるほど、足は重くなった。辻校長が言うとおりにはならないと思ったからだ。なぜなら幸男自身、谷津流側にだけ存在する良いところが挙げられない。新しくて便利で心地が良くて見栄えがするのは、全部ニュータウン側に集まっている。

長谷部家の前に着くと、緑が「うわあ、大きな家」と感嘆した。「昔のお屋敷みたい」

「あっちに蔵がある」源太郎も唸った。「蔵なんて、初めて見た。なにが入っているんだ？」

「でも、途中の家は大したことなかったぜ」

慎次郎は辛辣だった。白鷹山のふもとに近い長谷部家に着くまでに、宮間商店や桐人の家の前も通ったのだった。宮間商店の店構えに、とりわけ小馬鹿にしたようなうすら笑いを浮かべたのも慎次郎で、「ゴム長見えたけど、靴屋じゃないよな」とからかった。静香は恥ずかしそうに視線を落とした。緑だけが「ここが静香ちゃんのおうち？　うまい棒、帰りに買っていきたいな。静香ちゃんなに味が好き？」とフランクな態度をとった。

「あれは？」

秀明が指さしたのは、前庭の松の下にある祠だった。大きさは柴犬がくつろぐのにちょうどいい程度、高床で、三角屋根がついた箱に下駄を履かせたみたいな造りだ。前面には小さなしめ縄が飾られている。桐人がそれに答えた。

「祠だよ。あれと同じものが、白鷹山の山道にも七つある」

「そうだな、祠だな。でも重要なのはそこじゃない」秀明は祠に向けた指先を、トンボに目くらましするみたいにくるくると回した。「なんで長谷部家の敷地にあるか、なんだ。一般家庭の前庭に、祠とかあるのは珍しいよ。桐人んちにもあるのか？」

「ない。それはやっぱり、長谷部家が特別だからじゃないかな。お祭りを取り仕切る家だしさ」

桐人は祠に走り寄った。「この、観音開きの戸を開けると、中に燭台がある。お祭りのときは、そこに和ろうそくを灯す。灯すとお祭りが始まって、消すと終わる。もうすぐある六月のお祭りでも、そうする。今年は大祭じゃないから半日くらいで終わるけど、大祭の年は日をまたぐから、一晩中灯ってる」

「火事になりそうだな」

「ならないよ。大人が交替で見張るから」

秀明はそこで幸男を振り返った。「おまえんちのことなのに、なんで桐人が張り切って説明してるんだよ」

「あいつは変わってるんだ」これは、幸男の正直な気持ちだった。「暇さえあればうちに来て、祖父ちゃんから昔話を聞いている。ここらへんの生き物や植物のこと、天気の読み方なんかも。さっきのヘビイチゴだって、きっと祖父ちゃんから聞いていたんだ」

「ああ、結局役に立たなかったあれね」

秀明は絆創膏が巻かれた指を、得意げにひらひら動かした。

「おまえがオカマやったお祭りなんてどうでもいい」保仁が急かした。「それより俺、トイレ行きたくなってきた。貸せよ」

玄関の戸を開けて武男が「ただいま」と声をかける。「広いなあ」と呟いたのは、秀明だった。奥から出てきた母は、前触れなく訪れた子どもたちに目を見開いたものの、事情を知らぬうちから「飲み物をあげるから、中に入りなさい」と大らかに受け入れた。保仁はさっさと靴を脱いで、幸男に「トイレに連れていけ」と命令した。幸男は従った。

母屋の北側にあるトイレは、勝手口から入ったほうが近かったなと思いながら、廊下を歩く。縁側をぐるっと回っても行けるが、母屋の中を突っ切る廊下のほうが早い。

「こっち側、暗いな」

勝手口の前で保仁が呟いた。

「夜になったらもっと暗いよ。その戸の向こうがトイレだよ」

保仁は急ぎ足で入っていった。

「学校みたいだな、個室のほかに小便器があるのか」

幸男の家のトイレは、目隠し付きの小便器と手洗いがあるスペースの中に、個室が二つあるのだ。別に驚かれることでもないのにと黙っていたら、ちょろちょろという放尿の音ののち、個室の戸の開閉音がした。

「うわ、きったねえ」保仁が大声を出した。「汲み取りじゃん！」

＊＊＊

やっぱり、谷津流の奴らは田舎者だ。

保仁がトイレを借りて個室を覗いた、それだけで、不名誉な烙印はいっそう深く刻まれることとなったのだった。保仁はトイレから戻るや、トイレが汲み取りだという事実を仲間に伝えた。それを聞いた緑が、口元に白い手を当てたのを、幸男は見逃さなかった。ちなみに惣左衛門が畑から戻ってくる前に、ニュータウン組は帰ってしまった。「水洗トイレじゃない家にはいられない」という保仁の鶴の一声によって。

「みんなが使っているこの中学校のトイレだって、汲み取りなんだよ」

辻校長がいきさつを知り、一組の教室までわざわざやってきて取りなし始めた。

「レバーでタンクの水を流すようにはなっているけれど、実際は汚水槽に溜めているんだ。君たちは、中学校のトイレを使ったことがないのかい？　そんなわけはないだろう？」

しかし、保仁や慎次郎らには効果がなかった。幸男の家のトイレは、便器の穴からその汚水槽が見えてしまっている。とりあえずは流れて消えていくのと丸見えなのは、大違いだと言うのだ。

「汲み取りとかあり得ねえよ。俺んちは水洗だ。引っ越してくる前からだ」

ニュータウン組の男子はそうだそうだと、トイレ一つで鬼の首をとったかのような有り様だった。さらに保仁はこうも言った。

「そもそも学校で、でかいほうなんてしない」

確かに、幸男も学校で個室へ入るのには抵抗があった。「あいつウンコしたぞ」とはやし立てられるからだ。事実、小学校四年生のとき、個室を利用した桐人が、ややしばらく「ウンコマン」と呼ばれていた。六年生の修学旅行で東京に行ったときも、一泊二日の旅程中、大便はしなかった幸男だ。

冷静に考えてみれば、汲み取りより水洗のほうがいいに決まっている。幸男はこっそりと自分の家のトイレを恥じ、ニュータウンに住む保仁たちの家に思いを馳せた。どんなふうなんだろうか。窓からは太平洋が見えると言っていた。毎日のように自慢されればうんざりするが、保仁の立場に立ってみれば、繰り返して自慢するだけ、すごい景色に囲まれて暮らしているということではないか。

「……ニュータウン、いいなあ」

幸男は呟いていた。無意識だった。その場の視線が集中する。注目に慣れていない幸男は、身を硬くして俯いた。武男がいないのがせめてもの救いだった。いたら怒らせたに違いなかった。

「そうだ、君は正しいよ」ところが辻校長は幸男を褒めたのだった。「自分たちに無いものを羨むのは、とても自然な感情だ。けれども、つまらない自尊心が上回ると、羨ましいと素直に認められずに、嫉妬心に歪めてしまう。大人になると、特にそうなる。幸男くんはとても正直だ。きれいなトイレ、目が覚めるような眺望。保仁くんの家からは、太平洋が見えるんだったね？　先生だって羨ましいよ。先生の家は二階建ての教員住宅だからね」

大人から褒められるなんて、ほとんど記憶にない。俯いたまま、幸男は自分の頬がどうしようもなく熱を持っていくのを感じた。

「長谷部くんの家にお邪魔させてもらったのだから、今度は君たちがニュータウンに招いてあげたらどうだい？」

辻校長の口調には、無理強いや命令を感じさせる響きはなかった。ただひたすら歩み寄ってほしいという願いが込められていた。

「自慢したくなるほど良いものは、みんなで分かち合うともっと良くなるよ」

綺麗なものはより綺麗に、楽しいものはより楽しく、美味しいものはより美味しくなるのだと訴える辻校長は、立派な校長先生というよりは、そこら辺にいる子どもも好きのおじさんみたいだった。

「もちろん、一人で大事にしたいものもあっていい。でも、景色くらいなら、一度クラスメイトに見せてあげても悪くないだろう？」

下唇を突き出しながら保仁が「うーん」と唸っていると、「俺んちならいいよ」と秀明があっさり承諾した。

「俺んちは戸建てだから海は見えないけど、トイレは水洗だよ」

「しゃしゃり出んなよ」誰かに先を越されると、保仁も黙っていなかった。「幸男がいいなあって言ったのは、うちから見える景色なんだ。いいよ、わかった。母さんに話すから、今週中にでも来たい奴は招待してやるよ」

辻校長は安心したように頬を弛緩させた。

「野波くん、ありがとう。相川くんもだ。相川くんの気が変わらなければ、君の家にも呼んでやってくれないか。昔ながらの家と、今の建て売りの家の造りの違いを見るのも、勉強の一つになる」

それで建築に興味がわけば、誰かの将来の夢が生まれるかもしれないしと、辻校長はにこにこしながら教室を去った。

＊＊＊

木曜日の放課後、原っぱでのゲームに参加した谷津流の面々は、そろって保仁のマンションにお呼ばれとなった。弓道部は練習日だったが、武男も部活をサボってついてきた。谷津流とニュータウンの子どもたちの間でなにか事が起こるときは、自分がその場にいないといけないというような責任感が、顔つきに出ていた。

歩く道々、幸男は空を仰いだ。まだ梅雨の気配はない。薄い雲がまばらに散っているものの、広がる青はくっきりとしていて、空気が澄んでいるのが感じられた。これならきっと太平洋も見える。

幹線道路を渡る手前の電信柱に、翌週の週末に行われる白鷹御奉射祭りののぼりが括りつけられていた。旗の四隅に黒くある、大きな四角と小さな四角を組み合わせた祭りのしるしが、風に震えて歪んで見える。

「今年は大祭じゃなくて普通の祭りなんだよな」秀明がのぼりを眺めて言った。「てことは、ヨメゴはいないんだ」

「うん。お輿行列はない。今年は祠とお社にお供え物をして射手が矢を射るだけだ。でも、祭主……お供え物をする人と射手は、白鷹山に入る前に谷津流の家を回るし、シンプルだけど彼らの行列もかっこいいよ」桐人は一つも含むものがない態度で誘う。「今年も見に来たらいいよ」

「気が向いたらな」

秀明は軽くいなした。秀明以外のニュータウンの子は、そもそものぼりなど無視した。

信号が青になるのを待ち、横断歩道を渡って、ニュータウンのエリアに足を踏み入れると、もうのぼりなんてどこにもなかった。歩道と車道がしっかりと区切られ、アスファルトの敷かれ方もきれいだ。さっきまで草木に風がそよぐ音が聞こえていたのに、急にそれらは遠ざかり、かわりに慣れないざわめきの気配がする。少しうるさいと思った次に、幸男は気づいた。行き過ぎる人の数が増えているのだ。小さな子どもを連れた女の人も多い。車はトラクターや軽トラではなく、普通の乗用車だ。
駅前へ続く道路は片側二車線で、緩やかにカーブしていた。まだかなり距離があるが、駅近くに建つマンションは高層なので、早くも視界に入ってきた。建物の形は単純な縦長の直方体だが、薄いオレンジの外壁が空に映えて、未来の建物を眺めている気分になった。「あれだよ、俺んちのマンション」と鼻を高くして人差し指を向ける保仁の態度も、致し方ないなと腹に落ちてしまうほど、ニュータウンはどこもかしこも新しく、整然と正しかった。

電信柱とは別に街路灯が立っているのも、ニュータウンの特徴だった。形も、一つの電球にただ笠をかぶせた谷津流地区のものとは違い、丸いぼんぼりのような電灯が上部で二股に分かれて、車道と歩道双方を照らすようになっている。駅前からいろんなところへ行くバスがこの道を通るため、谷津流地区には中学校の前に一つしかないバス停も、当たり前に見かける。

谷津流地区の子にとって、遊び場はあのなにもない原っぱで充分だった。だからニュータウン地区には、ほとんど足を踏み入れたことがなかった。境界線のこちら側とあちら側で、これほどはっきりと世界が違うとは。境界線を越えて中学校へ登校してくるニュータウンの子らは、谷津流地区の子どもたちより自然と差を意識するようになるのは当たり前なのだと、幸男は悟った。

修学旅行で見た東京の都会的な要素を切り取り、さらに洗練して、なにもなかった谷津流の一角に置いたのが、この街なのだ。

そこら中がやたらとまばゆく感じられ、幸男は目を細めた。

保仁が住む二十階建てのマンションは、入り口前のエントランスに色とりどりの花の鉢が置かれ、小さな噴水まであった。幸男がその噴水に既視感を覚えていると、「ここ、CMで使われた」と保仁が鼻の穴を膨らませた。私鉄の駅は道路を挟んで目の前だった。

自動ドアの入り口から、管理人室の小窓がある小さなロビーを抜け、廊下を左に進む。エレベーターホールには、エレベーターが四基あった。そのうちの二つは十一階まで、残りの二つは十二階から二十階まで行くのだと、保仁は言った。

「野波くんは、毎日エレベーターに乗ってるんだね」

静香の声には驚きの揺らぎがあった。幸男も同じ驚きを抱いた。エレベーターなんて、生まれてから数えるほどしか乗ったことがない。

到着したカゴに乗り込むと、保仁は勢いよく20のボタンを押した。自分の足の裏から胃や脳みそが抜けて落ちるような浮遊感が、幸男を包んだ。幸男の隣では、武男までがそわそわしていた。対して慎次郎は慣れているのか悠然としていた。腰ぎんちゃくの彼のことだから、たびたび遊びに行っていても不思議ではない。

エレベーターを降り、廊下を進んで東の端まで行く。北に向いた廊下の窓は、小さくて嵌め殺しだった。幸男は意識してそちらを見ないようにした。どうせ見るなら、保仁の家の窓から海を見てみたかった。

「角部屋なんだ」保仁の口調は自慢が透けていた。たぶん不動産の業界では、いいことなのだろう。

銀色のドアノブがついた黒いドアを七つ通り過ぎ、一番奥の八つ目が保仁の家だった。

「ただいま。みんなを連れてきた」

幸男が驚いたのは、玄関の狭さだった。長谷部家のトイレより窮屈な空間で、子どもたちは順番に靴を脱いだ。全員が靴を脱ぐと、たたきはすっかり見えなくなってしまった。

「いらっしゃい。どうぞ、リビングへ」

玄関から真っ直ぐ突き当りのドアを開けてそう言ったのは、保仁の母親だろう。やや太めの体格と目が細くてきつい顔立ちが、保仁に瓜二つだった。保仁の母親は家の中にいるのに化粧をして、口紅も塗っていた。谷津流の子の母親たちは、化粧なんかしないで農作業をするのが普通だ。宮間商店の店番をする静香の母親より、化粧が濃い。

保仁の母親は、谷津流の子どもたちの靴下を見て、真っ赤な唇をへの字に曲げた。幸男はみんなの靴下に素早く目を走らせた。誰のも汚れてはいなかった。穴も開いていない。けれども保仁の母親には、彼女にしか見えない汚れが見えているみたいだった。

にもかかわらず、人数分のコップに冷えたコーラを注ぎ、籐で編んだ器に個別に包装されたチョコレート菓子やクッキーを盛って、リビングのローテーブルに置いてくれた。リビングは幸男の家の茶の間ほど広くはなかったが、南と東に大きな窓があって明るく、開放感があった。革張りのソファとテレビも大きかった。二つの幹が互いに絡まり合った奇妙な観葉植物の鉢が、窓辺に二つ置かれていた。

「こっち。こっちから太平洋が見える。ベランダからだと、もっと見えるぞ」

子どもたちは玄関から持って来た自分の靴をつっかけ、ベランダに出た。幸男はベランダが崩れて落ちやしないだろうかと内心びくびくしながら縁をしっかり摑み、ともに視力一・五の両眼で東の彼方に海を探した。太平洋は確かに見えた。空よりもいくぶん青味の濃い色が、地平が途切れた先を包むように、一筋横たわっていた。想像していたより広くも大きくもなかったが、見えるという事実がきっと大事なのだ。

リビングに戻り、コーラとお菓子をいただいていると、武男が咳払いした。

「なあ、トイレ貸せよ」

武男の口調は挑んでいるようだったが、保仁は不敵な顔でそれを受けた。「いいぜ、こっちだ」

桐人も立ち上がった。「僕もお借りしたいです」

「保仁、使い方を教えてあげなさい」保仁の母親がなぜか慌てた。「あっちの子はわからないでしょ」

谷津流の子どもたちは顔を見合わせた。もう中学生になったのに、トイレのなにがわからないと思われているのか、誰も理解できなかったのだ。

武男と保仁が大喧嘩したとき、保仁は「未開人」という単語を使って貶めてきた。それと同じ見下しを、幸男は保仁の母親の言葉にも感じ取った。知らず知らず武男たちが向かったほうへ聴覚を研ぎ澄ませる。

「あの……これ」困惑を隠さない桐人の声が聞こえた。「どうやってするんですか？」

保仁の馬鹿笑いがすぐさま続いた。リビングでも慎次郎が「やっぱりな」と哄笑した。保仁の母親が飛んで行った。

なにが起こったのか。

武男は戸惑いと憤りが入り混じった顔で引き返してきた。対照的に後ろの保仁は愉快そうだ。

「おまえはしなくていいのかよ、武男」

「したくなったんだから、別にいいだろ」

やがて桐人も戻ってきた。教室では、からかわれても飄々としている桐人だが、顔を赤くして俯き加減だ。

「海も見たし、もう帰るぞ。次は秀明んちだ」

武男は谷津流組に辞去を命じた。確かに太平洋は確認したのだから、目的は果たした。なにより長居をしたいと思うほど、居心地は良くなかった。

「また来てちょうだいね」

玄関先でかけられた保仁の母親の言葉は、嘘臭かった。隣では保仁が勝ち誇った笑みを浮かべていた。慎次郎だけは帰らずに残った。

秀明が集団の先頭に立ち、来たときのルートをそのまま引き返してマンションの外に出た。幸男はそっと兄に近づき、尋ねた。

「トイレ、どうだった?」

武男は声を低めて答えた。「便器が変なんだよ。椅子みたいに高くて、しゃがみ方がわかんなかった」

本当は俺もしたかったのにと顔をゆがめる兄は、今すぐにでも秀明の家のトイレに駆け込みたい様子だ。

「秀明の家はここから近いの？」

幸男の問いに、秀明は「十分くらい歩く。谷津流方面に戻るからいいだろ」と兄弟を振り返った。

「うちは和式だから、大丈夫だよ」

武男の鼻の付け根にしわが寄った。

マンションのほとんどは、駅に近いところに固まって建っていて、一戸建てはその周囲を取り巻くように広がっている。秀明はしばらく駅前と谷津流地区を繋ぐ二車線の道路を歩いてから、ふらりと北側の一角に折れた。

建て売りの一戸建ては、どれも似たような外観だった。二階建て、黒っぽい屋根、クリーム色の外壁、小さな庭、玄関ポーチの前にはセダン一台分ほどの車置き場。幸男は何度か、さっきも同じところを通ったのではと指摘したくなった。

その似たような家の一つを示して「ここ」と秀明は言った。玄関ポーチの前の駐車スペースには、親が通勤で使っているのか、なにもなかった。ポーチの上に置かれてある少年用の自転車は、ハンドルが横に真っ直ぐでカゴもリアキャリアもなく、スポーティーで恰好良かった。秀明は学生服のポケットからキーホルダーを取り出し、ドアを開錠した。そのしぐさは新鮮に映った。幸男が知る限り、谷津流の子どもが学校から帰って家に入るために鍵を開けるなんてことはないのだ。親は田んぼや畑にいるか、家の中にいるか、とにかく、鍵などかかっていないのだから。

秀明は、ただいまも言わなかった。かわりに武男に「トイレ行けよ」と笑った。「玄関上がってすぐ横のドアだからさ」

武男が「サンキュ」と短く言って、そのドアの中に駆け込んだ。幸男は黙って脱ぎ散らかした兄のスニーカーを揃えた。

「お母さんは?」

保仁の家のトイレ騒動から少し立ち直ったらしい桐人が尋ねると、秀明は肩かけカバンを階段の二段目に置いて、キーホルダーについた鍵をくるくると回した。「俺、鍵っ子なの」

「鍵っ子?」

「親が両方働いてて、学校から帰っても誰もいないから、家の鍵を持ってる奴のこと。うちのお母さんも、お父さんと同じ会社でパートしてるんだ。この家ローンで買っちゃったからさ。だから、こっちの子どもは多いよ、鍵っ子。保仁みたいな坊ちゃんはあんまりいない。源太郎先輩と緑のところもそうだよな?」

二人は頷いた。

「俺の母さんは、工場にいる」

「私のお母さんは看護婦なの。駅前のクリニックで働いているわ」

秀明は武男がトイレから出て来るのを待って、みんなを居間に通した。南向きの窓から見えるのは、狭い庭と歩いてきた道路だった。谷津流の家のどこよりも窮屈な感じがしたが、家自体は新しく、板張りの床も顔が映りそうなほどぴかぴかだった。

「建て売りの家がどんなもんかを見せるんだったよな」秀明はふわふわの髪の毛を乱暴にかき上げた。「家の中を案内すればいいのかな。お父さんとお母さんの部屋は怒られるから駄目だけど、どこか見てみたいところあるか？」

勝手の知らないニュータウンの家を好きに見せてもらうのは、後々を考えると警戒心が芽生えた。他の誰かがどこか見たいと言い出せば、その後なにが起こっても責任はそいつに行くのに──幸男は言い出しっぺを待った。

「秀明の部屋って二階？」

まんまと登場した言い出しっぺは桐人だった。秀明は頷いた。「そうだけど、なんで？」

「僕も二階に部屋がある。子ども部屋ってどうして二階なんだろう」

言われてみれば、幸男や武男の部屋も二階だ。結局、その場にいる全員の自室が二階だとわかった。

「違いじゃなくて、共通点を見つけちゃったね」

静香がくすくす笑ったおかげで、場は和やかになった。

男子だけが階段を上り、秀明の部屋を見せてもらった。静香と緑は、男子の部屋には行きたくなかったのだろう。共通点がわかったことだしと、二人で先に帰っていった。

六畳ほどの広さの部屋は、おおむね片付いていた。きちんとカバーがかかったベッド、背表紙が整（ととの）えられた本棚、すべての引き出しがぴったり閉じられたタンス。感心する幸男の横で、秀明は「いつもはもっと汚い」と言った。自室に来訪者を通す準備をしていたのだ。

元気と源太郎の上級生二人は、部屋のドアのあたりで喋（しゃべ）っている。夏休み、林間学校いう単語が途切れ途切れに聞き取れた。

桐人は黙って室内に視線をめぐらせていた。本棚の下段に並んだ百科事典の背表紙、タンスの上に置かれてある機動戦士ガンダムのプラモデルやルービックキューブなどのおもちゃ、中学生にしては大人っぽい感じのカーテンの柄など。それから、壁に貼られたポスターに近づいた。ポスターは二枚あった。一枚はアメリカ映画の『E.T.』だ。満月と空飛ぶ自転車と人差し指同士を合わせるデザインのそれは、テレビで目にしたことがあった。子ども連れの親子が映画館前に行列を作っているニュースも見た。でも、幸男が知る限り、谷津流の中で『E.T.』を観た子はいない。道路と私鉄が通って確かに東京は近くなったが、それでも映画を観に行くということは、どこか小旅行めいた感じがするのだ。

「それ、面白かったよ」

秀明が言うと、桐人はもう一つのポスターを指さした。「こっちはモールス信号の表だね。これを全部覚えてるのか。秀明はすごいな」

桐人の声音には、毛の先ほども嫌味がなかった。なのに秀明は、舌打ちでも聞いたかのように桐人を見やった。

「すごい？」

その一言で、和やかさは洗い流され、かわりに緊張の電流が走った。

桐人はなにか失言しただろうかと自問する顔だ。二人の会話を聞いていた幸男にも、見当がつかなかった。しばらく誰もなにも言わなかった。外で車のクラクションが鳴った。

「……そろそろ帰るぞ」

武男が桐人の腕を引っ張った。秀明は「じゃあな」と軽く手を振った。

唯一残ったニュータウン組の源太郎が、二車線の道路まで道案内してくれた。

＊＊＊

「オカマちゃん、洋式トイレの使い方、知らなかったんだぜ」

翌日、保仁と慎次郎がさっそく桐人を馬鹿にした。

「未開人は洋式トイレも使えないのかよ。アメリカとかじゃ、全部ああいう座るトイレなのに」

そして、誰かが武男に知らせて、当然喧嘩になったのだった。

第三章　その意味は

「もう一度、勝負してみるかい？」

放課後、片手に傘を、もう片手に大きな荷物を持った辻校長が幸男たちを率いて向かった場所は、中学校のグラウンドだった。前回と違って近場なのは、しとしとと粒の小さな弱い雨が降っているせいだろうか。

緑と静香だけが傘を差し、またも駆り出された二年の元気と源太郎を含む男子は、この程度なら多少の濡れも構わず、辻校長の後に続く。

空一面を白っぽい雲が覆い、その下の低空を灰色の雲が風に乗って流れていく。幸男には種類がわからない小鳥が、ちちっとさえずり、山の方向へと飛び去る。

一羽のトビが鳴きながら上空で円を描いていた。

辻校長は、校庭と外の敷地との境界線に植えられている八重桜に目を細め、その中の一本の下で立ち止まった。校長がそれぞれの陣営に配ったゲームの用具は、画板と画用紙一枚、下描き用の鉛筆に、水彩画の用具一揃えだった。配り終えると、折り畳みの椅子を雨宿りよろしく幹のすぐ横に置いて、腰を下ろした。

「ルールは前回と同じだよ。今度は、桜の下の先生を描いてくれないか」

聞いて、保仁は即座に渡された絵の具の箱を検(あらた)めた。

「やっぱりだ」辻校長の前でも、保仁は不平を隠さなかった。「今度は青がない。水色もだ」

みんなが一斉(いっせい)に辻校長を見た。視線が注(そそ)がれるのを待っていたかのように、辻校長は胸を反(そ)らし、福々しい頰(ほお)を柔らかく緩(ゆる)ませた。

辻校長のネクタイは、真珠(しんじゅ)にも似た上品な光沢を放つ、淡い青色なのだった。

「気に入らないなら、中止にするかい？　先にやめたって言った方が不戦敗でいいかな？」

谷津流の子どもたちとニュータウンの子どもたちは、椅子に座って微笑(ほほえ)む辻校長を頂点とした正三角形を形作るように陣取った。

幸男は——ニュータウン側についた。

＊＊＊

再度のゲームも、ニュータウン側の勝利で終わった。

秀明の肥後守(ひごのかみ)が今回切ったのは、指ではなく画用紙だった。彼はネクタイの線に沿って、そこを器用に切り抜いてしまった。

そうして校長のところへ持って行き、画板から取り外して、ネクタイそのものにあてたのだ。

実は谷津流側も、似たようなことを試みかけてはいた。じきに雨は上がり、青空が顔を覗かせると桐人が読んだ。そこから空にかざしてその青を透かせばいいのでは、というところまでは来ていたのだ。だが、そこまでだった。紙に穴を開けたり、ましてやネクタイ自体を利用するなどとは、武男や静香も思いつかなかった。

桐人はなにも言わず、ただじっと秀明の手の中の画用紙から目を離さなかった。秀明も見返した。その目にも勝利の喜びはなかった。秀明が画用紙を扇ぐように一振りした。それを機に二人の視線がぶつかった。

空気がざわついた。幸男は秀明の部屋での緊張を思い出した。辻校長が「ともあれ……」と言いかけたが、秀明は桐人の前に立った。

「天気予報は当たったのにな」

「そうだな」

「なんでわかった？　もうすぐ晴れるって」

「惣左衛門さんに教えてもらった。小鳥がさえずりはじめると、雨はもうすぐやむ、トビが高いところで鳴きだしたら、じきに晴れるって」

「……おまえはお利口さんなんだよ」

秀明は少し笑った。それは冷笑だった。

「一回訊こうと思ってたんだけどさ。〝てんのてんでもひとのさと〟だったっけ。祭りの歌の歌詞。この意味、おまえ言える？」

「意味は知らない」

「だと思った。〝へびのふもとにゐるべからず〟ってやつも、そうだったからな。丸暗記が得意なのは認めるよ。でもそれって百科事典となにが違うんだ？　誰かに読まれないと役に立たない。自分でそれを生かせてない。頭の中にあるだけじゃなんにもならない。お利口さんって言われるだけ」

二人以外の子どもらは、固唾を飲んで二人を見守っている。割って入れない空気があった。校長も止めなかった。だから秀明は、言いっぱなしだった。

「お経を丸暗記しただけでなんになる？　意味がわからなきゃ、ありがたくもなんともない、ただの文字の羅列だ。うちの父さんはコンピュータの頭脳になる部分を開発してる。これで世の中はもっと便利になるよ。暗記だけなら近い未来、コンピュータで事足りるようになるって、父さんは言ってる。しかも人間と違って間違えない。そうしたら、情報の記録はコンピュータに任せて、人間は人間にしかできないことをするんだ。つまり、おまえができない、知識を生かすことを。おまえは時代に取り残された谷津流そのものなんだ」

「知ってるだけじゃ意味がない、って言いたいんだな？」

秀明は口の端を上げた。「ご名答、お利口さん」

「お利口さんお利口さんって、おまえ、しつこいんだよ」

桐人の一言に、秀明は口を半開きにした。去年の大祭のときに、ヨメゴの桐人が男だと教えられたときと同じような表情だ。しかし、彼の間が抜けた表情を笑う余裕は、幸男になかった。桐人が秀明をきつくねめつけ、一人でその場を去ってしまったからだ。

　武男も静香もぽかんとしている。教室でオカマだなんだといじめられようが、我関せずとばかりに本のページを繰っていた桐人が、初めて捨て台詞を吐いてその場から逃げた。そんな桐人を、谷津流の子どもたちは初めて目の当たりにしたのだ。

「おまえ、なんで桐人にばっか当たるんだ」桐人の姿が校舎の中に消えると、武男が秀明を責めた。「そもそもあいつがオカマって言われてるの、おまえのせいだろ」

「……あいつがモールス覚えていたのが悪いんだ」反論しつつも、秀明の語気は弱かった。「それに俺は、間違ったことは言ってない」

「それは、オカマという言葉も含めてかな?」

　貸した画材を片づけながら、ずっとやりとりを見守っていた辻校長が、穏やかに口を挟んだ。校長の声の調子も顔つきも、大人が子どもに怒るものではなかった。にもかかわらず、その場にいた誰もが姿勢を正した。

「頭の中にあるだけじゃ、なんにもならない。君は二度勝つことで、それが正しいと証明してみせた。先生も感心だよ。でも、オカマはどうかな? 相手に聞こえていないだろうから、意味がわからないだろうから、侮蔑してもいいという考え方は、先生は好きじゃない。それに結局、明石くんには知られてしまったじゃないか。君は彼に一度でも謝ったかい?」

　オカマとはやし立てるクラスメイトをそれなりに制したことはあっても、秀明が桐人に謝ったとは幸男も聞いていないし、そういう場面も見ていなかった。秀明は少し俯いた。辻校長は続けた。

「ニュータウンのみんなはゲームに勝った。勝つというのは、強さの証でもある。でもそれは、気に入らない谷津流の子をいじめていいとか、命令していいとか、威張ってもいいとかじゃないんだよ」

「じゃあ、なんなんですか？」

威張りたがりの保仁が不服そうに問う。辻校長はこう断じた。

「逆だよ。優しく丁寧にするんだ。弱い相手や嫌いな相手にほど、そうするものだよ、強い人はね。だって、嫌いな相手に嫌いだって顔をするのは簡単だろう？　それなら弱虫だってできる。強い人は弱い人にはできない難しいことをやってのけてこそ、強さの意味があるんだよ」

辻校長は秀明に優しく念を押した。

「相原くんなら謝れるね？」

秀明は俯いたまま顎を鎖骨につけるように頷き、桐人が去った方向へと走っていった。

残された生徒も、帰り支度を始めた。武男は途中からになるが弓道場に行くと言った。帰途が一緒になるのが気まずかったので胸を撫でおろしていたら、後頭部を平手で叩かれた。

「おまえ、いい加減にしろよ。今回も谷津流裏切って、恥ずかしくないのか」

武男は幸男の言い訳など聞かずに、さっさと弓道場に足を向け、一団を離れた。

「おまえも苦労するよな」

ひそひそ声で慎次郎から話しかけられ、飛び上がった。慎次郎は、元気と一緒に二年生同士で離れて歩く源太郎へ軽蔑含みの視線を送り、舌を打った。

「俺の兄さんはズレてるしさ。手品も下手でしらけるのに。あんなのが兄さんなんて恥ずかしいんだよ、俺」

　幸男はつい頷いてしまった。慎次郎は勢いづいた。

「保仁の家、すごかっただろ？　俺らの街、きれいだったろ？　ニュータウンのほうがいいに決まってるんだ。おまえは悪くないよ。武男が馬鹿なんだ。保仁のお母さんもうちの親も、谷津流の子どもはちゃんとしつけられてなくて乱暴だって言ってる。まるで野良犬だって。その代表が、武男だよ」

　兄や自分たちは、向こうの大人にそんなことを言われているのか。だが、自分たちの靴下を見たときの保仁の母の目や、嘘臭かった帰り際の「また来てちょうだいね」を思い出すと、慎次郎は本当のことを言っているのだと確信できた。

「まともなのは、おまえだけだよ。なのに兄さんが武男だろ？　俺の兄さんもクソだから、おまえの苦労わかるよ」

　乱暴だとニュータウンの父兄からも悪評の武男に叩かれたのを見て、『嫌な兄を持つ弟』という仲間意識を持ったらしいと、幸男は分析した。ニュータウン組に張りついている異分子である以上、慎次郎の歩み寄りは損得で言えば得に違いなかった。一方で、武男の悪口をこうもあからさまに聞かされたのは、愉快ではなかった。幸男は叩かれた後頭部をそっと触った。痛くはなかったのだ。やろうと思えば武男は、幸男の頭にたんこぶだって作れた。

次の日、幸男は秀明と桐人の二人の様子を探った。窓際の一番前と二番目の席に座る彼らは、別段話もせず、それぞれ本を読んでいた。ゲームにはいなかったニュータウン側の男子の一人が、桐人にオカマちゃんと呼びかけたが、そのうちに黙った。いつもと違い、保仁がからかいに乗ってこなかったからだ。

二時間目と三時間目の間、桐人がトイレに立った隙（すき）に、幸男は尋（たず）ねてみた。

「桐人に謝ったの？」

秀明は首を横に振った。意外だった。辻校長の前でうなだれながらも頷いていたし、自分に非があるのなら認める度量も、彼にはあるような気がしていたからだ。

「なんで謝らなかったの？　もう帰っちゃってた？」

「いや、あいつ、昇降口の隅（すみ）にいた。だから、大祭のときはごめんって言おうとしたんだ。でも」

話しかけられなかったと、秀明は窓の外に目をやった。

「なんで話しかけられなかったの？」

秀明は問いかけを無視して、逆にこう訊いてきた。

「桐人って小学生のときは泣き虫だった？」

夜中に一人きりでお社（やしろ）にいても平気な奴だ。幸男は「全然」と答えた。

「ふうん」

なんでこんなことを訊くんだろう？　幸男は内心首を傾げる。

桐人が教室に帰ってきた。秀明はそこで黙った。机に肘をついて窓の外を眺め、もう先を喋りそうにない。幸男も自分の席に戻り、考えてみた。

たとえば秀明に「緑は小学生のとき泣き虫だったか？」と尋ねるとしたら、どんなときだろうか。答えはすんなり思い浮かんだ。そんなことを訊くとしたら、泣いているところを見たから以外にない。つまり昨日、桐人は捨て台詞を残して去ったあと、昇降口の隅っこでめそめそしていたのだ。

スムーズに導き出せた答えなのに、幸男は大きな衝撃を覚えた。桐人が泣くなんて。どんなふうに泣いていたのか、想像がつかない。でも、子どものようにぎゃんぎゃんと号泣している様は、さすがに違う気がした。

涙の種になったもの、おそらくそれは、悔しさなのではないか。それも、くだらないからかいや、ゲームの勝敗による悔しさではなく。

——おまえ、しつこいんだよ。

秀明に再三言われている「知っているけれど生かせていない」「生かせなければ意味がない」という挑発めいた指摘が、桐人にとっては想像以上に胸に刺さっているのかもしれない。

三時間目の授業は数学だった。幸男は広げた教科書を机の上に慎重に立てて、ノートに教師が板書する方程式の問題を書き写すふりをしながら、窓際の桐人を見た。桐人の視線は板書に向けられていたが、手は動いていなかった。

さらによくよく観察すれば、視線も一つ所にとどまっているのだった。教師が書き記す一次方程式のxの記号だ。桐人はxが立派なカブトムシでもあるかのように、そこだけを見つめていた。

と、筆箱が落ちる音がした。

はっとそちらを向くと、床に手を伸ばして拾おうとしているのは静香だった。ピンク色の筆箱の蓋（ふた）を開けて、中のエンピツが折れていないか確認する彼女の瞳（ひとみ）は、驚くほど暗い色に沈んでいた。秀明が謝ったかどうかに興味がいっていて、静香の様子に目が届いていなかったことを、幸男はちょっぴり悔（く）いた。隣のクラスの兄が誰より気にかけている静香は、まさか朝からあんな目をしていたのだろうか？

かといって、幸男は女の子を元気にする方法がわからない。子どものころなら、武男が谷津流の原っぱにでも誘えば、静香は嬉々（きき）としてついてきて、男子に負けず駆け回ったのに。

とりあえず幸男は数学の授業が終わると隣のクラスへ行き、武男に静香がひどく沈んでいるようだと教えた。

「よう、静香！」

昼休み、武男はさっそく一組に乗り込んできた。保仁と慎次郎らは身構えたが、武男の眼中に二人は入っていないようだった。静香だけを見て、静香の席に向かって真っ直（ます）ぐに歩み寄る。力強い右手には、一枚のプリントが握られていた。

「これ、参加するか？　夏休みの林間学校」

郊外の宿泊施設を利用し、自然の中での課外活動をする二泊三日の行事があるとは聞き知っていた。入学式後にも軽く説明はあった。ただ、幸男はあまり真剣には聞いていなかった。希望者のみが参加する行事だったからだ。つまり、行きたくなかった。

ほとんど突進といった感じの武男が机の前に立ち、静香は大きな目を見開いて固まった。びっくりしたみたいだった。緑が素早く寄ってきて、プリントを指さす。「それ、一組じゃ配られていないわ。二組はもう配られたの？」

固まる静香と武男の間に、さりげなく細身の体を割り込ませた緑は、まるで武男の粗雑な振舞いに怯える静香をかばっているかのようだ。だが当の武男は、そんな緑の意気には気づいておらず、「職員室に行って、今日の帰りに配るやつを失敬してきた」と胸を張る。

「今年はさ、あそこでやるみたいだ。ゴルフ場の下に作ってる自然公園。あそこの二階建てのコテージに泊まるって」

幸男もそっと近づいて、静香の机の上に置かれたプリントを見てみた。確かにプリントには『場所　のぞみ野丘自然公園』『宿泊　のぞみ野丘自然公園コテージ』とある。

「でもあそこ、まだオープンしていないはずよ。開園は九月だって聞いてるわ」

不思議がる緑に、横から口を出してきたのは保仁だった。

「父さんの会社が便宜を図ってやったんだ」どこか自慢げなのは、気のせいではなさそうだ。

「あそこ、施設自体はもう大体できてるんだよ。だから、夏休みに貸してやるって。新しい施設を一番に俺たちに使わせてくれるって。特別サービスなんだぞ」

武男は当然、それを無視する。「なあ静香。参加するか？　静香が参加するなら、俺……」

武男が息を呑んだ。それは幸男も緑も、周りにいた生徒も同じだった。

静香の顔が歪み、大きな瞳から涙がこぼれた。

「ごめん」

静香は泣きながら教室を飛び出した。谷津流の女子よりも誰よりも早く後を追ったのは、緑だった。

五時間目の予鈴が鳴り、武男がしぶしぶといったように二組へと戻ってから、二人は帰ってきた。最初に静香が、少し遅れて緑が。静香の目は赤かった。そして緑の目元も、うっすらと赤らんでいた。二人は目を合わさず、なにも話すことなく、それぞれの席に着いた。

話しかけたいけれど、できない。声をかけられない――そんな雰囲気を幸男は濃密に感じた。おそらくその雰囲気は、クラスにいた全員が感じ取ったに違いなかった。一組は夜のように静まり返った。

家に帰っても、武男は静香の態度に気をもんでいた。夕食のときも、幸男にしつこく尋ねた。

「なあ、あいつどうしたんだ？　あれからなんか言ってたか？」

幸男は「わからない」と答えるしかなかった。

祖父と両親が難しい顔をしていた。大人は大人で、耳にしていることがあるのかもしれなかった。でもその場では、教えてはくれなかった。

白鷹御奉射(しろたかおびしゃ)祭りは、天候にも恵まれて終わった。桐人は山道に入る手前まで、弓矢とお供え物を持って白鷹山へ登っていく白装束(しろしょうぞく)の祖父と父のあとをついていった。去年の大祭とは異なり、ニュータウンの住人はもちろんのこと、谷津流の人々ですらあまり見物していなかったが、桐人だけは別だった。桐人は祖父と父が山中にいる間は幸男の家で粘(ねば)り、下山のころ合いを見計らって、またふもとまで迎えに行って、前庭の祠(ほこら)までついて戻ってきた。神事を終えた祖父の顔には、隠し切れない疲れがあったが、安堵と充足感も浮かんでいた。

儀式のすべてが終わった夕刻、桐人が祖父に明日また来る、話を聞かせてほしいと告げて帰っていった。見送る祖父の目は、優しく細められていた。幸男はそんな祖父の目から顔を背けた。胸の中がざわざわして、そこらの石を拾い、あたり構わず投げたいような、いっそ前庭の祠を壊してしまいたいような衝動にかられた。

お祭りの週末が明けると、静香はなぜか明るくなった。明るすぎて、痛々しいほどだった。

数日して、梅雨(つゆ)がやってきた。

＊＊＊

梅雨明けにはまだ間がある六月の末。一学期の期末テストが迫っていた。部活動もテスト準備で休みである。だが武男があまり勉強にいそしんでいないのは両親にもばれており、しょっちゅう雷を落とされていた。

「また桐人が一位になれば、俺らの面目も立つ」

「だったら兄ちゃんも頑張れば」

そう言ってみたら、どこで覚えたのか「適材適所ってやつだ」と返された。武男は谷津流の面子を、桐人に託したというわけだ。

試験直前の土曜日、早朝、山の方角からめったに聞かない鳥の声を、雨音とともに聞いた。祖父の惣左衛門は朝食のとき、「キジが鳴いておったな」と呟いた。

授業が終わって帰宅し、お昼ごはんを食べ終わったころに、桐人が祖父を訪ねてやってきた。

「月曜から期末だぞ」

武男に驚かれていたが、桐人は「こんな天気だし、畑仕事もお休みかなって」と涼しい顔だった。よほど余裕があるのだなと、幸男はいささか冷めた気分になり、ならば自分もガリガリやるのは馬鹿らしい、どうせ大して変わらないのだからと、昼寝をしてしまった。

起き抜けの浅い夢の中に桐人が出てきた。薄暗い長谷部家の蔵の奥で、和綴じ本を読みふけっていた。なるほど、桐人は江戸時代からこの蔵に住み着いていたのだと納得し、自分は日が暮れるまでにバスに乗ってニュータウンへ帰らなければと、中学校前のバス停を目指して走った。だがいくら懸命に地を蹴ってもスピードは出なかった。バスに乗り遅れてしまう、乗り遅れたら誰かが死ぬ、それは静香だと冷や汗をかいたところで、目が覚めた。夢らしく意味も脈絡もない内容で、眠る前よりもむしろ疲弊を感じた。

雨は昼寝の前と変わらず降り続いていた。黒々とした雲が地面を圧迫するように垂れ込め、なんとなく息苦しい。今年の梅雨は長引きそうだと、先日ニュースで聞いた気がする。長雨は農作物の敵なので、テレビの前の両親の顔は芳しくなかった。

桐人はまだ居座っているのかと、そろそろと部屋を出て階段を下りる。夢のせいか蔵にいるような気がしたが、無論馬鹿げた想像だった。雨降りに蔵の中は暗すぎる。歳のせいで目がしょぼしょぼすると言う祖父といるなら、いつものとおり祖父の部屋なのだ。

なんで桐人のことを気にするのか、夢の名残かと自問自答しつつ、トイレへと向かう。桐人の記憶力なら、祖父の話の大半をもう聞き終わり、覚えてしまっているのではないか。なにしろ、祖父のもとへ通い出したのは、七つの年からだ。幼い時分には難しい話を、中学生になった今、繰り返してもらっているのかもしれないが、祖父だって百科事典ではない。しかも多くは谷津流地区に関わる限定的な話に違いないのだ。すっかり頭に入っていることを二度三度聞いても、面白いものなのだろうか？

トイレから出て戻る途中、玄関のほうから声が聞こえた。とっさに足を止め、次に心してそろそろと歩を進める。声は桐人と祖父のものだった。話をしている。耳を澄ませた。

「……祭りの次の日も言ったがな、それは桐人が自分の頭で考えるもんなんだ」

「考えてもわからなかったんです。お母さんも知らないって」

「桐人の母ちゃんはインテリだがな、頼っちゃ駄目だ。自分でなんべんでも考えろ。桐人はなあ、そりゃあれだ。聞いたらほれ、覚えてしまう。大したことだがなあ、だからといって何でもかんでも聞いて覚えりゃいいってもんでもねえんだよ。学校の試験も、考えて解くもんだろう？覚えた答えを書き写すもんじゃないだろう」

「考えて解きます。でも解き方は教えてもらって、それは覚える」

「俺が話して聞かせたこと、桐人に貸した本、全部の中に、解き方も入っている。とにかくなあ、祭りの歌の意味も、〝へびのふもとにゐるべからず〟も、大祭のやり方も、昔から伝わっているあれこれも、確かに大事な意味があるはずだ。あるから、伝えられることは俺も武男や幸男、桐人に伝えていかにゃならんと心得てる。でもな、意味は……意味はおまえがもっと考えろ」

「教えてもらったほうが早いのに」

「いいか、桐人。おまえが考えてひねり出した意味は、おまえだけのものになる。いつかおまえが同じように誰かから意味を訊かれたとき、俺が教えたのをそのまま答えるのと、自分がひねり出したのを答えるんじゃあ、強さが全然違うのよ。俺はな、俺が考えているよりもおまえのほうがずっと強くて正しい意味に行きつけるんじゃないかと思っとる。だから、うんと、うんと考えろ。そして、そのほうが、きっと面白い」

いくばくかの沈黙ののちに、わかりましたという桐人の小さな声がして、玄関の戸が開き、閉じた。祖父の足音が茶の間へと向かっていった。

――ただ暗記してるだけかよ、おめでてーな。

やっぱり桐人は、秀明の言葉を深く気にかけているのだと、幸男は思い知った。

なんで山のてっぺんに行っちゃいけないの？　なんでお社に行っちゃいけないの？　お社を見てみたい。入って遊びたい。

幼かったころ、大人から教えられる谷津流の決まり事――主に禁足地とお社に関する事だ――は、幸男にとって窮屈な感じがした。あれをしては駄目、これもしては駄目。だから、どうしてか尋ねた。すると必ず祖父や父は、こう答えた。

――神様の場所だからだ。白鷹様がいらっしゃるところだからだ。みだりに人が近づいては穢れてしまうからだ。

穢れとはなにかとも訊いたかもしれない。答えを覚えていないのは、ちゃんとした答えが返ってこなかったのか、答えを理解できなかったのか。いずれにせよ、幸男にとっては忘れる程度のものだったのだ。尋ねたあれこれについても、そのうちにそんなものだと受け入れた。小学校だって行きたくて行っているのではないけれど、とりあえずは通うように、誰がどう思うかなど関係なく、とにかく行ってはいけないところがあるのだと。

幸男の「どうして」はそうして消えた。今は禁足地に行きたいとも思わない。桐人の母に教えてもらった、谷津流のお祭りは普通じゃないという断言だけが、ひたすらに拭っても取れない黒い染みのように胸の奥底にある。

とっくに消えた「どうして」の部分を、今になって桐人は知ろうとしている。

きっかけがニュータウン側のクラスメイトに挑発されたからというのは、桐人には少し似合わないが、それでもやっぱり変わった奴だ。

意味を知ったところで、なにかいいことがあるのか？　一つも思い浮かばない。

たとえば、お祭りで歌われる歌詞の意味を読み解いたところで、白鷹御奉射祭りが祇園祭みたいな立ち位置になるわけがない。昔、お輿（こし）行列を眺（なが）めて「田舎（いなか）だな」と切って捨てた男たちが、てのひらを返すとも思えない。

幸男は夕食のあと、国語の教科書の試験範囲内に出てくる漢字の書き取りをしながら、ふと思い立って、白鷹御奉射祭りで歌われる歌詞を、ノートに書いてみた。

『一番』
しろいあめふりゃ　みみずがないて　くろへびないて　りゅうがでる
りゅうはちのそこ　ちのそこのりゅう　りゅうがたけりて　どうどうどう
どうどうどうどうどうどうどう　どうどうどうどうどうどう
りゅうはゆるして　くださらん

『二番』
りゅうがほえたら　あかごかかえて　わらしかかえて　白鷹へ
おばばせおって　おじじせおって　よめごをつれて　白鷹へ
どうどうどうどうどうどうどう　どうどうどうどうどうどう

りゅうはゆるして　くださらん

『三番』
黒蛇様は　ちのそこのそこ　白鷹様は　てんのてん
のぼれやのぼれ　てんまでのぼれ　てんにのぼって　おかくれよ
どうどうどうどうどうどうどうどう　ひいふうみいよういつむうな
てんのてんでも　ひとのさと

書いている途中で馬鹿馬鹿しくなってきたが、とにかく全部書いてみた。黒蛇様と白鷹様、それとヨメゴも登場するから、谷津流に受け継がれてきたもので間違いないことだけはわかるが、だからどうだというのかと、思わず鉛筆を放り出した。秀明が知りたがった『てんのてんでもひとのさと』も、さっぱりだった。

『どうどう』という言葉の繰り返しは、なにかの擬音語というよりは、単なる調子合わせの線が濃厚だ。ゆるしてくれないりゅうの『りゅう』は谷津流の流だろうか。それとも、将棋の竜王などの竜だろうか？　村娘をめぐる蛇と鷹の諍いの昔話に、竜は登場しない。

考えたところで、意味なんてきっとないのだ。昔から伝わっているだけで大事なことのように信じ込んでしまうのは、大人の悪い癖であり、または、谷津流が田舎であるからだ。つまり、谷津流というなにもない田舎の大人たちは、谷津流に古くから伝わっている言い習わしや歌、祭事などを大事にすることで、一所懸命ごまかそうとしているのだ。そういう土地に住むしかない自分の人生のつまらなさを。本当に便利で、街並みもきれいで、窓からは海が見えて、水洗トイレの暮らしをしたいけれど、無理だから、今いるところに特別の価値や意味を見いだそうとしているだけなのだ。

温かい湯に砂糖がとけて消えるように、その結論はすんなりと幸男の胸に馴染(なじ)んだ。幸男は勉強机から離れて床に布団(ふとん)を敷(し)き、ごろりと横になった。夜中にトイレに起きるかもしれないけれど、面倒だからこのまま寝てしまおうか——そう思った瞬間だった。

ずん、と下から大きな力が突き上がった。

第四章　都会の子になるんだよ

　幸男は身を硬くした。天井を仰ぐ。真四角の電灯の笠が暴れている。机の上から鉛筆が転がり落ちる。隙間だらけの本棚の中で、ほとんど目を通していない児童書がバタバタと倒れた。

「地震だ」階下で父の声がした。「でかいぞ」

　とっさに幸男は布団の中に潜った。

　屋根や床、壁から、軋むような音が聞こえた。

　大きな揺れは三十秒ほど続いて、しだいに収まった。

「武男、幸男。大丈夫か」

　父が階段の下から安否を問うてきた。幸男は「大丈夫」と大声で返して、部屋を出た。隣室の武男も出てきたが、寝ぼけ眼だった。

「兄ちゃん、寝てたの？」

「うん。目え覚めちまった」

　揺れが始まった直後に飛び起きたふうではなかった。よほど熟睡していたのか。ならば、テスト勉強もしていなかったことになる。

茶の間に下りて、家族全員でＮＨＫにチャンネルを合わせた。

ほどなく地震が起こった旨のテロップが出た。谷津流周辺の震度は３となっていた。震源地は陸から十キロほど沖の太平洋の中で、一番激しく揺れたところは震度４だった。

震源地が海ならば、ニュータウンはここよりもっと揺れたかもしれない。

臨時ニュースには切り替わらなかった。

「結構揺れたと思ったがな」祖父はテレビ画面に向ける目を絞るように細めた。「明日、行かんとならんな。夜が明けたら出るぞ」

祖父の言葉に、心得たというように両親が頷く。母は「準備してきます」と、すぐに台所へ引っ込んだ。

「どこへ行くの？」

首回りを掻きながら、武男が尋ねた。

「お社だ」

祖父は簡単に返した。その口調からは、「当たり前のことを訊くな」という続きが聞こえてきそうだった。武男はあくびをした。幸男は台所に行ってしまった母が気になった。

「母さんはなにを準備するの？」

「鷹神様へのお供え物だ。揺れでどうなっているかわからんからな。念のためだ」

「うちの瓦、落ちてないかな」幸男は呟いた。「家がミシミシ鳴ってた」

「そうだな」

父が同意してくれたが、朝一番で屋根を見るとは言わなかった。大祭で使う白鷹山のお社のほうが、祖父や父にとっては大事なのだ。神様へのお供え物がこぼれたり床に落ちていたりするほうが、一大事なのだ。これも昔からの決まりなのか。

幸男は釈然（しゃくぜん）としない思いを抱く。

どうせ普段は、誰も入ってはいけないのに。四年に一度しか使わないのに。家は家族が毎晩眠るところなのに。

どうしてそんなに、大事にするんだろう？

「余震あるかもしれないけど、あんたらはもう寝なさい」

母が言い、幸男ら兄弟は自室へ戻った。

机から落ちた鉛筆や倒れた本などを元通りにして、幸男は布団に入ったが、すぐには眠れなかった。耳を澄ませば、壁を隔（へだ）てた武男の部屋から、切れ切れにいびきが聞こえた。兄はどんなときでも豪胆（ごうたん）だ。それとも、震度3程度の地震に驚いて、眠気（ねむけ）を吹き飛ばしてしまった自分が弱すぎるのか。

クラスメイト達の顔を、谷津流、ニュータウン問わず、頭の中で一列に並べてみる。幸男はそれらの中から自分と同じく眠れないでいそうな同類を探す。慎次郎の顔が真っ先に大きくなる。

——おまえも苦労するよな。

二度目のゲームが終わったあと、彼にそう話しかけられたのだった。あのときは武男の悪口を言われて、いい気分にはならなかったが、慎次郎のほうは厄介（やっかい）な兄がいる年子（としご）の弟同士という仲間意識を持ったようだった。

　自分が抱く武男への気持ちと、慎次郎が源太郎へ抱く気持ちは、大きく異なると幸男は感じる。慎次郎はその違いをわかっていないのだ。けれども、もしも今慎次郎が自分と同じように寝つけずにいるなら、少し親近感を覚える。源太郎が天下泰平に寝ているのだとしたら、なおさら。

　幸男は布団の中で体勢を変え、胎児のように横向きに丸まった。ニュータウン組の近くにいるのは保身のために過ぎず、彼らの境遇を羨みこそすれ、友情とは無縁の関わり合いをしていた。自分の安全が保障されれば、それでよかったのだ。それでも、裡に萌芽した親近感という初めての感情は、悪いものではなかった。実際に顔を合わせたら消えてしまいそうな儚いその気持ちを、幸男は目をつぶって噛みしめた。

　翌朝、やや寝過ごした幸男が茶の間に顔を出すと、祖父と父は既に家にいなかった。本当に白鷹山に向かったのだ。

「お供え物ってなんなの？」

　尋ねると、母はちょっと嬉しそうな顔になった。「お酒や干物、糒とかだよ」

　なぜ嬉しそうにするのか、内心首を傾げながら、聞いたことのない単語について問う。

「糒ってなに？」

「お祖父ちゃんが帰ってきたら、訊いてごらん。さ、顔洗っておいで。朝ご飯はできてるよ」

　種明かしの役目を祖父に回したことで、幸男は母の喜色の理由がわかった。お供え物が気になった、つまりは長谷部家に伝わる神事に興味を持ったと早合点したのだ。

誤解だ。お祭りや神事なんて、今までどおりどうでもいいと思っている。ただ、朝一番で点検しなければならないほどすごいものなのか、確認してみただけだ。結果は、大したものではなかった。糯の正体いかんでは、サヨナラ満塁ホームランの大逆転になるかもしれないが。

アジの開きの焼けた匂いと、玉子焼き、大根おろし、納豆の匂いを鼻から吸い込み、洗面所へ向かう。入れ替わりに一足早く身支度を整えた武男が「早くしねーと、おまえの分も食っちまうぞ」と冗談交じりに脅してきた。

一組の教室に入ると、そこかしこで昨晩の地震についての話し声が聞こえた。

「サイドボードの中で、コップがいっぱい割れたんだ。高いやつだぞ。イギリスやイタリア製のやつ」

こんな話題でも、保仁はなにかしら自慢せずにはいられないらしい。外国製のコップがどれだけすごいか、幸男にはわからない。家にはないし、見たこともない。マンションにお邪魔した折、目の端で輝きの欠片くらいは捉えていたかもしれないが、高いコップに入れたところで、ジュースが美味しくなるわけでもない。

傍らの慎次郎の目の下には、薄墨をひとはけしたような隈が認められた。昨夜の想像はあながち間違っていなかったようだ。

静香も谷津流の女子らと、昨夜の驚きについて語らっている。

「静香ちゃんのお店、大変じゃなかった？　売り物が床に落ちちゃったり、コーラやスプライトの瓶が割れちゃったりしなかった？」

一人の女子の心配に、静香は寸時顔を曇らせ、次に歯磨き粉の宣伝に出てくるタレントのような笑顔を見せた。

「大丈夫だったよ」

明るさがはじける表情なのに、幸男は違和感を覚えた。眩しければ眩しいほど、人の目はそれを直視できない。静香の明るさは、隠したいなにかを見せないようにするための大げさな嘘なのでは――そう幸男には思えた。だが、そうまでして隠したいのなら、しゃしゃり出て訊くのも逆に気の毒だ。幸男は心に蓋をして、違和感をなかったことにした。

窓際の一列に目の先を移すと、秀明と桐人が誰とも喋らず、かといって二人で会話もせず、机に向かっていた。秀明はテスト勉強を、桐人は窓の外の薄曇りを眺めていた。

幸男は目が合ったクラスメイトに「おはよう」と挨拶しながら、席に着いた。秀明に話しかけようかと思ったが、勉強しているので気が引け、しかたなく教室前方、黒板の右横にある掲示板を眺める。

夏休みに行われる林間学校についてのプリントが、貼られてあった。参加するという声は、聞こえてこない。そのかわり、隣町の施設を借りて実施された去年の林間学校は、雨にたたられてつまらなかったという噂が、上級生から流れてきていた。

二泊三日の行動予定表がうっすら見える。天候の影響を受けそうな、外で行うイベントもいくつかあった。キャンプファイヤー、虫捕り、黒蛇山トレッキング、ドッジボール大会、河原での飯盒炊爨。これはと興味をそそられるものはないが、幸男の立場上、ニュータウン組とは足並みを揃えておきたかった。日ごろの体育の授業を見ていると、秀明はドッジボール大会で活躍しそうだ。活躍する場があるなら、参加にも前向きになるかもしれない。幸男なら、自分が主役になれる舞台を逃したくないと思う。

体育といえば、女子は緑が目立つ存在だ。体の線がわかりやすいジャージ姿の女子たちを、体育館を二分するネット越しにちらちら盗み見るときは、たいてい緑が手本に指名されていたり、ひときわシャープな動きをしたりしていた。

――みんな、行かないのかな。黒蛇山だから行きたくないのかな。

武男がプリントを持って静香の意向を訊いたときのことは、記憶に新しい。あのときも静香はおかしかった。泣いたのだ。

＊＊＊

六月の末から七月の頭にかけての三日間で、期末テストが行われた。期末テストは中間テストよりも科目が増え、主要五科目以外も、知識が問われた。幸男はいずれの科目も、答えのマスを全部埋めることができなかった。

数学のテストは特に時間が余った。いくら頭をひねっても、応用問題にどう方程式を当てはめていいのか、わからなかったからだ。幸男は早々に諦め、答案用紙を机の上に伏せた。そうして、桐人と秀明のほうを、カンニングを疑われない程度に眺めた。

秀明も既に手を止めていた。幸男とは違い、彼はすべてに解答し終えたうえで時間を余らせたに違いなかった。一方で桐人は猛烈な勢いで答案用紙への書き込みを続けていた。書き込みは試験監督の教師が終了を告げても終わらず、注意を受けるありさまだった。

にわかには信じられない光景だった。あの様子では、桐人は時間が足りなかったのではないか。テスト前も祖父のところへ足を運ぶ余裕があったのに？　幸男はひたすら首を傾げた。

数学の答案用紙が返却されるとき、教師は桐人にこんな注意をした。

「答案用紙には、答え以外のことを書いては駄目だ。入試でも減点対象だぞ」

減点という響きに、教室の空気がざわりと波立った。

そう言われたのなら、桐人は減点されたのだ。

「トップは百点。一人だ。平均点は六十五点」

一人の名前を教師は言わなかったが、クラス中の視線は秀明に向けられた。百点なのだから、桐人ではない。また、秀明の答案は、点数のところを隠すように紙の角が折られていたが、見える範囲でバツはなかった。

桐人の答案用紙も、幸男は首を伸ばして注視した。桐人は点数を隠しておらず、赤字の90が丸見えだった。さらには、解答欄にはマルが連なっていること、解答欄外にびっしりと、なんらかの文章が書かれてあること、そこに無慈悲なバツがつけられていることが窺えた。

余計なにかを書かなければ、秀明と並んで満点だった。根拠はないが、幸男は確信した。

数学教師はテスト問題の解説を始めたが、幸男は桐人の様子ばかりが気になった。桐人も解説を聞いていないのが一目瞭然で、バツをつけられた自分の答案用紙にずっと目を落とし、メモも板書の写しも取っていなかった。

授業の終わりに、数学教師は桐人に職員室へ来るよう告げた。桐人は大人しく従い、数学教師と一緒に教室を出て、次の授業が始まるチャイムが鳴る中、いくぶん気落ちした顔で戻ってきた。なにを書いたのか気にはなったが、幸男は訊かなかった。どんな答えが返ってきても、みすみす満点を逃すような真似は理解できそうもないからである。


期末テストの成績上位者が、廊下に貼り出された。

総合での一位は、桐人をかわした秀明だった。桐人はすべての科目で秀明と一位を争いながら、結局は六点届かなかった。

「なにやってんだよ」

武男にとっては、期末テストも谷津流側とニュータウン側の勝負の一つだ。加えて中間テスト一位だった桐人は、勝手に代表扱いとなっている。なのに失態を犯した。桐人は登校してきたところを武男に捕まり、その場でどやされていた。

「また一位取ってくれると思ってたのによ。谷津流の名折れだ」

前回は国語で名前を載せた静香も、今回はなに一つ引っ掛かっていない。

「田舎者は勉強でも駄目だな」武男とは逆に、保仁は上機嫌だ。「中間テストはまぐれだったんだ」

「いや、違う」否定したのは秀明だった。「桐人が舐めたことしなければ、俺は今回も二番だった」

減点は十点だったのだ。

さっさと教室に入りかけた桐人の肩を、秀明がとどめた。

「数学のテストで、おまえなに書いたの？」

幸男も抱き、しかし訊かなかった問いを、秀明が口にすると、桐人は嫌そうな顔になった。

「なんだっていいだろ、おまえに関係ない」

二度目のゲームで敗北を喫したあと、絡む秀明に桐人は捨て台詞を吐いた。そのときと同じ驚きを、幸男は覚えた。

秀明の言動にだけは、桐人も心の中身を表に出す。愉快じゃない、構うな、腹が立つ。谷津流の子どもたちもずっと知らなかった桐人の一面を、秀明が引き出しているみたいだ。

秀明は食い下がった。

「関係あるよ。言ったろ。本当ならおまえが一番だった。俺は、俺が繰り上がった理由を知りたいだけ」

桐人の口は真一文字に結ばれた。黙秘権を行使すると、その顔が語る。そのままチャイムが鳴るのを待つ構えだ。

「秀明。おまえあんまり桐人をいじめんなよ」

武男が二人の間に割って入った矢先だった。

「ごめん」

秀明がみんなの前で桐人に頭を下げた。武男は言葉途中で先を飲み込み、桐人は瞠目した。

「去年の大祭のとき、おまえを侮蔑するようなことをした、足で」

おまえに聞こえているとは思わなかった。覚えられていると思わなかった。どっちみちモールスだからわからないと思った——幸男は秀明が使えそうな言い訳を、瞬時に三つ考えついた。秀明本人なら、もっと思いついていてもおかしくなかった。だが彼は、一切の弁明をしなかった。

「今まで謝らなかったのも、ごめん」

しかも、ごめんを一つ足した。

「おまえにつっけんどんにされても、俺、文句言えないんだった。しかもさっきの質問なんて、ただの興味本位だしさ」秀明は桐人をとどめていた手を離し、肩を竦めた。「おまえが真面目にやってたら、また負けてたって思うと、なんか悔しくてムカついたんだよ」

秀明の言葉からは、嘘のにおいが一つもしなかった。

「……あれは、xはなんで隠れてるのかを質問したんだ」桐人が呟いた。「方程式でxの値を求めるのはなんでなのかなって思ったから」

秀明の率直さに引っ張られるように、問いへの答えを口にした桐人だったが、幸男はその内容なにもない。自分はどうして人間なのかと訊くようなものだ。

ところが、桐人はいたって真面目な顔だ。

「解き方さえわかれば、簡単に暴かれてしまうのに。そして、こうやってxを当てることに、なにか意味はあるのかとも書いた。僕、自分の親や惣左衛門さんに方程式を解いてもらったんだ。お母さんはすぐ解いていたけど、お父さんは少し時間がかかって、惣左衛門さんは算術は嫌いだって言って、解いてくれなかった。サンプル数は三つだけど、大人は別に方程式なんてなくたって、平気なんだなって思った。なのに方程式の解き方をマスターしなくちゃいけないのは、なんでなんだろう？」

頷きながら聞いている秀明の頰(ほお)が、わずかに笑みで緩(ゆる)んだ。

「そもそも解き方は誰が考えついたんだ？　応用問題のように、支払った合計金額や買った個数はわかっているのに、リンゴとミカンどっちかの値段だけがわからなくて困った、なんていう事態はありえないと思うし。でも、解き方が確立されているなら、それを考えつくきっかけはあったんだ。だから、方程式を最初に考えついた人のことを教えてほしいっていうのも書いた。その人なら、方程式にまつわるいろんな意味を知っているだろうから」

「そっか」

秀明はいよいよ笑顔になった。桐人の眉間に小さな皺(しわ)が生まれる。

「なんで笑う？」

「おまえ、俺には関係ないって言ったけど、関係あるじゃん」

間違いなくそうだと、はたでやりとりに耳を傾けていた幸男も首を縦に振る。今ここで、桐人は二度、意味という単語を口にした。

テスト前に祖父を訪ねてきたときも、帰り際に自分で考えろとあしらわれていたのだ。あちらは、谷津流の伝承に関してだったが、根っこは同じだ。

桐人は顎を引いて、秀明をぎりと睨んだ。

「それ、先生は教えてくれた？」

「それこそおまえに関係ない」

チャイムが鳴った。桐人がさっさと教室に入った。秀明は「俺もそれ知りたいんだけど」と言った。応えはなかった。

桐人の疑問に、数学の先生はなにも教えなかったのだろう。呼び出しから戻ってきたときの桐人の顔には落胆があった。教えなかった理由は、祖父と同じか、または違うものなのかは不明だが。

「幸男」

武男だった。武男は一組の中を素早く窺ってから、声を低めて耳打ちしてきた。

「静香のこと、頼むぞ。今回名前貼り出されなかったし、落ち込んでるかもしれない」

兄は秀明と桐人のあれこれより、静香がよほど心配らしい。とはいえ、彼女の様子がおかしいのは、もはや疑いようがなかった。急に泣いたり、不自然に明るく振る舞ったり。テストの順位だって、間違いなく落としている。

幸男は「わかった」と請け合った。

しかし、幸男が気を配るまでもなかった。静香の事情は、その日の夕食時にわかった。

「宮間さんの店、畳むらしいな」

父が漬物を齧りながら、そう言ったのだ。

＊＊＊

「……うん。引っ越すんだ、二学期の前に」静香は後ろ手に両手をやって、唇だけでささやかな笑みを作った。「だから、私も転校するの」

翌日の朝一番に、武男は昇降口に姿を見せた静香を捕まえて真偽を質した。武男は動揺していて、静香の姿を見つけるや、周りなど気にせずにそうした。兄の隣にいた幸男が、止める間もなかった。静香は視線を下げて何度か瞼をぱちぱちとやってから、「こっちに来てくれる?」と、衆目が集まる場を離れ、校舎の中でも人気のない教職員用トイレの前に兄弟を誘った。

そして、引っ越しと転校を認めたのだ。

「なんでだよ」

「だって、もうお店やっていけないもん。うちのお父さんとお母さん、去年……もうちょっと前からかな。すごく大変そうだった。お店のもの、全然売れなくなっちゃって、毎晩深刻そうに話してた。ときどき喧嘩もしてた。お金も借りてて……そこから電話も来るし」

「なんの電話だよ」

「だから……お金返せとかそういうの。お金はないから、お店と土地を売るの。そうすれば、少しは返せるからって」

「なんで……そんなにお店、駄目になったんだ？」

　幸男の母が買い物をするときは、必ず宮間商店を利用していた。お酒、お醤油、お味噌、日用雑貨、お菓子。ときには農作業に使うゴムの長靴もだ。

「武男くんちは、うちのお店を使ってくれていたけど、みんなの家がそうじゃないから」

「どういうことだ？」武男はようやく思い至ったようだ。「あ、まさか」

　静香は笑って頷いた。「うん、緑ちゃんのお父さんのスーパー。あそこ大きくて品揃えもすごいから、お客取られちゃったみたい。でも、仕方ない。うちなんて負けて当然なんだ」

「そんなこと言うな」

「でも、本当の事だもん」

「転校してどこ行くんだよ」

　静香はセーラー服のスカーフを、おどけたようにひらりと手で払ってみせた。「東京か横浜かな？　私、都会の子になるんだよ」

　どう見ても空元気だった。

「……なんでだよ。なんで」

武男が呆然と言葉を落とした。父の情報が間違いであればいいと、兄は願っていたに違いなかった。なにくれとなく気にかけていた態度から、静香に好意を寄せているのは見え見えだ。転校すると当の静香の口から聞かされたショックは、計り知れないだろう。

「このこと……緑は知ってるの？」

おずおずと尋ねた幸男に、静香は思いがけなくもきっぱりと釘を刺した。

「緑ちゃんを責めたりしないでよね。緑ちゃんも緑ちゃんのお父さんも悪くない。私が泣いちゃったとき、一番に気にしてくれたのは緑ちゃんだった。引っ越すことを打ち明けたら、一緒に泣いてくれたよ。緑ちゃん、ごめんねって言ったけど、ほんと緑ちゃんは悪くない。仕方がないんだよ。そういう時代なんだって、お父さん言ってた」

緑は悪くない、仕方がないのだと、静香はしだいに潤んできた瞳をごまかすように、ことさら明るく繰り返した。

「だからね、もうちょっとあと、一度お店に来てくれないかな」

最後に買い物をしてほしいということかと思いきや、そうではなかった。

「お菓子とかジュースとか、そういうの、あげる。武男くん、子どものころから大好きだったよね、お菓子。うまい棒とか。コーラやスプライトも、ガラス瓶のはわかんないけど、缶のなら少しはあげられると思うよ」

「そんな、いいのか？」

「うん。だってもう、売れないんだもん。お店もなくなるし。仕入れ元に返せるものは返すみたいなこと、お父さんとお母さん言ってたけど、一度棚に並んだ食べ物なんかは難しいみたいで。だったら、武男くんたちが持っていってほしいな」

　お店のものが売れなくなって、土地を離れるまでの事態になっているのだ。うまい棒の一本でもお金に換えられるなら、宮間一家としてはそのほうがいいに決まっている。

　宮間家のこれからの財政を気にして、素直に「うん」と言えないでいる兄弟に、静香は唇を尖らせてみせた。

「もらってよ。捨てることになったら、もったいないでしょ。私が全部食べたら太っちゃう。そうだ、お菓子やジュースだけじゃなくって、文房具や着るものなんかも、持っていっていいよ。お父さんには私から頼んでおく。みんなにはお世話になったし、大好きだから」

　大好きだから。

　幸男は隣の兄の顔を見た。

　武男は唇をへの字に曲げ、鼻の穴を丸く膨らませて、音をたてて呼吸を繰り返していた。日焼けした頬にほんの僅かな赤みが差し、短い髪の生え際からは汗が滲み、朝露のように丸く膨らんだ。一番膨らんだ一つがこめかみを伝って滑り、顎先からぽたりと胸に落ちると同時に、予鈴が鳴った。

「……林間学校にこっそり持っていけばよくない？　私も参加しようと思ってるんだ。引っ越すぎりぎり前だから。さ、ホームルームが始まっちゃう。行こう」

夏服のセーラー服の背中の白さが、幸男の目を射た。半袖から覗く二の腕は、柔らかそうだった。原っぱで遊んでいた子どものころは、もっと痩せていて、硬そうで、ゴボウみたいな腕だった。でも、快活に草の中を動き回っていた。

いつから静香の腕はあんなふうになっていたのか。元気のない顔ばかりを気にしていた。静香は早足だった。足取りの重い兄弟から離れていく静香の後ろ姿に、幸男は唇を噛んだ。

ちくしょう、と武男が声を引き絞った。

ちくしょう、ちくしょう、ちくしょう。

木造校舎の木の匂いと、埃臭さにまじって、武男の汗がにおった。

やりきれなさのにおいだと、幸男は思った。

クラスに戻った静香は、転校のことを誰にも言わなかった。昇降口で武男に捕まっているところに居合わせた生徒の一部は、そのことについて彼女に問いたそうな顔をしたが、静香が緑に喋りかけて、仕掛ける機会を作らせなかった。

昼休み、武男は自分の感情を明らかに持て余し、どうしていいかわからないといった顔で一組にやってきた。

教室の片隅で、静香は緑と話をしていた。武男と幸男に打ち明けたことは、いずれはみんなが知ることだが、静香はそれを今日にしたくないようだった。まだ心の準備ができていないのだろう。朝だって武男が無神経に突っ込んでいかなかったら、普段の顔で過ごしたに違いない。そして緑は、「今日はまだ」という静香の気持ちを察知して、お喋りというバリアを張っているのだ。楽しそうにお喋りしているところに、「もしかして転校するの?」などという重い質問は、切り出しづらいものだから。

ただ緑の目論見は、朝から同じクラスの中で彼女の行動を見てきた幸男だからわかるのかもしれなかった。武男にとっては、静香を案じて隣のクラスから来てみたら、元凶のスーパーに最も縁が深い緑が、辛さを押し殺して振る舞う静香の前でのんきに笑っている——そう受け取っても、おかしくはなかった。そもそも緑は、ニュータウン側の子なのだ。男子ほどではないが、谷津流の女子とニュータウンの女子は、間に結界でもあるかのように、一定の距離を保って近づかない。さらに谷津流の女子は数が少ないので、昼休みなどは一組と二組の子らがどちらかのクラスに出張し、固まって過ごしている。最初から静香に好意的で、垣根を越えて話しかけていた緑は変わり種と言えた。そのせいなのか、一学期もそろそろ終わりそうな今、緑はニュータウン組の女子の間では、少々浮いてきているような気もする。

とにもかくにも、緑を責めるなと釘を刺されたのに、一見楽しそうな緑を目にして武男の頭は沸騰し、朝の静香の言葉も気化して飛んでしまったのだ。武男はずかずかと緑に迫った。無論、幸男が制止する間もなかった。

「おまえ、静香の前でよく笑えるな!」

緑の顔からさっと笑みが引いた。武男はさらに詰め寄った。

「おまえんちのせいで、静香は——」

無表情になった緑にかわって、静香が武男をきつく睨み、反発した。

「そうじゃないって言ったでしょ！」

静香の声で、教室に残っていた生徒の目が一つ所に集まった。自分の席で肥後守片手に鉛筆を削っていた秀明と、なにやら考え事をしていた桐人も振り向いた。様子を窺う生徒らの中、いち早く乱入していったのは保仁だった。

「田舎のお仲間同士で仲間割れかよ」保仁は慎次郎を引き連れ、静香の反発を浴びた武男をからかった。「女に怒鳴られて情けないな。おまえ、谷津流の大将みたいな顔してるけど、全然人望ないんじゃねえの？」

慎次郎が追従する。「図体がでかいだけだ」

秀明と桐人は固唾を飲んで見守っている。

幸男は武男に駆け寄った。日ごろは寓話のコウモリみたいに、優位に立つニュータウン側の片隅にいるが、今は静香の打ち明け話を聞いた一人として、さらには武男のやりきれなさもわかる弟として、なだめなければと思ったのだ。

「兄ちゃん」

保仁と慎次郎は無視していい。静香と緑には頭を下げ、ここは一組から連れ出そう。幸男は武男の腕を引いた。

「兄ちゃん、落ち着いて。とりあえず……」

静香たちには謝りなよと促しかけたときだった。

「ま、仲間割れしてもらったほうが、世の中的にはいいけどな」

保仁の口調は迷いなかった。本当に自然に口から出たという感じだった。

「長谷部の家が偉そうな顔して祭事とか仕切って、古い谷津流とかにしがみつくから、発展もしないんだ。偉そうな家があると変にまとまるからな。仲違いしてバラバラになってくれたら、あんな田舎の集落、喜んで捨てる家も出てくるよ。土地を売ってニュータウンのほうに引っ越したりさ」保仁の言葉は止まらなかった。「そうしたら空いた土地を父さんの会社が開発して、便利な範囲が広がる。電車も多く停まるし、バス停だって増える。田んぼだった場所にマンションが建つ。全部がニュータウンになる。農家なんて泥だらけで汚くなるし、重労働だ。こっちはトイレも水洗だし、ベランダからは太平洋だって見える。おまえらは二年の元気とかいう奴の家を、土地売ったから裏切りもの扱いしてるけど、本当は羨ましいんだ」

心からそう思っているから、迷いがないのだ。両親や、ときおり彼が口にする県の偉い伯父さんなど、彼をとりまく人々もそう言っていて間違いないと信じ切っている。だから、ここまで自信たっぷりなのだ――幸男は言葉を重ねるごとに得意げになる保仁の顔から、なぜか目が離せなかった。

「うちのマンションの前は、ＣＭにだって使われた」

校長の働きかけでおよばれしたときの新しい街並みが、幸男の眼前に浮かんで消える。

「伯父さんはもっと開発したほうが、県のためにもなるって言ってる。ゴルフ場のほかにも施設を作ったほうがいいって」

黒蛇山のゴルフ場を作るとき、祖父と父は谷津流住民の代表として、最後まで開発に反対した。結局会社ばかりではなく、保仁の伯父さんという行政サイドまで出てきて押し切られてしまったが。

子どもたちがゲームをやる前から、大人も負けていたのだ。

「もう一つの山にも、遊園地みたいな施設があればいいんだ。そうしたら、東京からもっといっぱい人が来るようになって、賑(にぎ)やかになる。人口だってうんと増える。増えたら町から市になる。なったら税金でもっといっぱい便利な施設ができる。おまえらだって田んぼなんてやめて余った土地を売ったら、金持ちになるんだぞ」

せめて白鷹山だけは守らねばならないと、祖父と父は晩酌(ばんしゃく)のときに、しばしば口にする。神様がいてお祭りにも使う山だから、大事にしなければならないことになっているのだと。

でも、それはなぜなのか。なぜそう伝え継がれているのか、肝心の意味がわからないから、黒蛇山では負けたのでは。だとしたら、白鷹山だっていずれは――。

「要は」保仁はそこで、最悪のたとえを出した。「緑のスーパーと静香のボロい店くらべたら、どっちがいいかってことだよ」

そのとき、一番ショックを受けた顔をしたのは、緑だった。

あっ、と思ったときには、武男の左手は保仁の胸倉にあった。

「おまえらさえ来なかったら！」武男の口から、保仁の顔に唾(つば)が飛んだ。「おまえらが来たせいだ！」

保仁も負けていなかった。一番上のボタンを開けている武男のシャツを、同じように摑み返す。

「俺たちは来てやったんだ。父さんと伯父さんは、田舎を都会にしてやってるんだ」

激した武男が保仁の肩を小突いた。保仁は一瞬怯んだが、武男のむこうずねをキックして応戦した。わっと教室内の生徒から声が上がった。口ではなく腕っぷしでやり合う喧嘩が始まったのだ。

「兄ちゃん」

拳に変わった武男の右手が、保仁のみぞおちに食い込んだ。保仁は体をくの字に曲げ、口を大きく開けた。

「もうやめてよ！」

静香が叫び、緑は両手で顔を覆った。保仁はパンチをもらった腹を押さえながら、酸欠の出目金みたいに目を見開いて、口をパクパクさせた。殴られた痛みより、もっと重大ななにかが彼の身に起こり、それにパニックになっているようにも見えた。声はいっさい発しなかった。彼はそのまま体を折った体勢で、よろよろと教室を出ていった。慎次郎が「大丈夫か、どうしたんだよ」とついていく。

パン、と頰が鳴る音がした。

頰を押さえていたのは、武男だった。武男の前には、静香がいた。

腹を殴られると、呼吸ができなくなるとは知らなかった。あのとき保仁が口をパクパクやっていたのは、息が吸えなかったからだった。助けを求めて職員室へ向かう途中に、呼吸はできるようになったものの、教室に引き返しはせず、そのまま職員室の浜岡先生に武男の暴力を言いつけ、息が止まって死ぬところだったと訴えた。

投げかけられた言葉がどれほどひどかろうと、拳を使ったのは武男だ。武男も静香にぶたれて、一気にしゅんとなった。高い音は鳴ったものの、武男の頬には静香の手の跡も残らなかった。でも体積が二割減ったかのように、逞しい体はしぼんだ。教師の呼び出しにも素直に応じ、職員室で校長も含めた教職員が見守る中、保仁に頭を下げたという。原因を作った保仁も怒られたのだろうが、武男に頭を下げさせたと自慢げに吹聴したところから、武男のほうがよりきつく油を絞られたのだ。武男は両親とともに、保仁のマンションまで詫びにも行った。宮間商店に置いてあったお菓子の中で一番上等な栗羊羹の詰め合わせを、ちゃんとした包装紙に包んでもらい、朝に採ったトマトとキュウリの中で、色と形がいいものを選りすぐって持っていった。

それらは受け取ってもらえず、そっくり家に持ち帰られた。

谷津流の子は田舎だから乱暴者なのは仕方ない、一緒に学校生活を送るならニュータウンの子たちのようになってもらいたい、これを機に開発反対の態度も改めてほしい、そうすれば今回の件も、内申書に響かないよう県議の親戚に口添えしてやると言われたと、武男は幸男に話した。田舎だからというフレーズは何度出たかわからないと、ときおり悔しげに声を震わせながら。

「父ちゃんと母ちゃんは言い返した？」

武男は首を横に振った。「そんなのするわけないだろ。黙って聞いて謝ってた。でも」

帰り道ではこんなことをぼやいていたという。

――開発ってのは、そんなにいいもんかな。田舎ってのは、そんなに悪いもんかな。谷津流の生活は、そんなに不便なもんかな。昔から俺らは、自分の食うもんは自分の家で作ってきた、それのなにが不便なのか、よくわからんよ。田んぼや畑潰したところで、ニュータウンの住人だって、米や野菜食うだろうになあ。

大人は大人の立場や理屈で、相容れないでいる。

「ニュータウンができなければ、俺たちどんな中学生やってたんだろ」

武男の言葉に、幸男は黙ったままでいた。一つ確実に言えることがあるとすれば、静香と三年間一緒に過ごせたということだったが、兄の気持ちを考えると、言えなかった。殴られる前の言葉を、保仁が取り消すことはなかった。ばかりか、免罪符を得たかのように、谷津流の子どもたちはニュータウン組から「田舎者」と嘲られるようになった。秀明と緑の二人だけが同調せず、ときおり注意もするのだが、多勢に無勢だった。桐人はただの「オカマ」から、「田舎のオカマ」になった。

どうしても諍いが絶えない子どもたちが歩み寄るきっかけになればと、辻校長をはじめとする先生方が林間学校への参加を呼び掛けたのは、当然の流れと言えた。

「行こうと思ってる」

参加の意思を秀明に尋ねると、彼はそう答えた。

だった。

その一言は、幸男の脇をすり抜けた先に向けられた。振り向けば、桐人が登校してきたところだった。

「なに？」

「……みんなが行くなら、僕も行こうかなって」

秀明はもう一度同じことを尋ねた。「おまえは？」

「林間学校。おまえは？　行くの？」

桐人は自分の机の縁に肩かけカバンをかけた。「特に考えてなかった」

「幸男、おまえは？」

「お祭りの歌に黒蛇様ってあるんだろ。昔話にも出てくるって、幸男から聞いてる。その黒蛇様の山に実際に行きたくないのか？」

「黒蛇山は北側だから、行っちゃいけないって惣左衛門さんは言ってる」

――黒蛇山には入るんでないぞ。木にも手をつけちゃいかん。

そのとおりだった。幸男も聞いている。ただ黒蛇山のそれは、山頂付近の禁足地について厳しく近づくなと教えられる白鷹山に対し、ざっくりと「入るな」というものだった。だから、死地という言葉を使って良くない場所と表現される扇状地のように、悪い神様がいるから好ましくないというふうに、幸男らは受け取った。大人の口調は断じるものだが、お社も祠もなにもない、ただ悪い神様の山だからという禁忌は、遊び場を広く求める子どもたちにとってはぼんやりと曖昧に聞こえた。だから幸男や桐人も含めた男子は、夏休みにクワガタやカブトムシを探しに、ふもとから少し分け入るときもあった。

秀明は言った。

「コテージや自然公園、ゴルフ場作ってる人たちは、散々入って平気でいるよ。木を切ったり土地をならしたり、ゴルフコースの芝を張ったり池を作ったりさ。どうせこれもおまえは、行っちゃいけない意味もよくわかんないまま、うのみにしてるんだろ？　二泊三日山の中にいたら、なんかわかるかもしれないのにさ」

その言葉が、おそらく決定打になった。

昼休み、桐人は林間学校の参加申込書をカバンにしまっていた。秀明は一足先に浜岡先生に申込書を提出した。

幸男は、申込書をもらいに職員室へ行った。静香と緑も一緒にもらっていた。

＊＊＊

静香が転校のことを周囲に打ち明けたのは、終業式の日だった。なんとなく察するものはあったのだろう、谷津流の女子は痛ましそうな顔はしたが、ひどく驚いてはいなかった。クラスのみんなを前にしての挨拶は、なぜかなかった。

「お昼食べたあと、お店に来られる？」その日の帰り際、静香は晴れやかに誘いをかけてきた。

「今日が最後の営業日なんだ。武男くんはね、来てくれるって」

静香が真っ先に声をかけたのは、武男だったようだ。先日の平手打ちは、彼女にとってもいい思い出じゃないのだ。この地を去る前に、できてしまったしこりをきれいにして、幼いころのような仲良しに戻りたいのだ。静香はそういう子だ。

幸男は行くと答えた。静香は緑も誘っていた。

午後二時ごろ、重々しい曇り空の下、宮間商店に集まったのは、幸男と武男の兄弟、桐人、緑のほか、元気と源太郎がいた。源太郎は元気が勝手に連れて来たようだが、静香は歓迎した。

「ありがとう。来てくれたの、ここにいるみんなだけなんだ」

静香の言葉で、元気まで誘った理由が読めた。土地を出ていく宮間家に、谷津流の子どもたちは、土地の多くを売り払って顰蹙(ひんしゅく)を買った元気の家と似た雰囲気を感じ取ったのだ。だから誘っても遠慮の体(てい)の拒否を受けた。二年生の元気が、断るばかりかニュータウン組の友人まで連れて来たのは、静香の気持ちに共感し、せめて賑やかにしてやりたいと思ったからだろう。

「静香ちゃん、ありがとう。おじさんおばさんにも、そう伝えて」緑が垂(た)れ込める雲を振り払うような笑顔を見せた。「うまい棒好きなの。チョコレートもドロップも大好き。でもあっちのスーパーだと、買い食いがばれちゃうんだ。だから、本当に嬉しい。遠慮なくいただくね」

てらいなく宮間商店に足を踏み入れる緑に、静香も久しぶりに輝くばかりの笑顔になった。駆け寄って手を握り、ともに奥へと入っていく。それを見て武男が「俺らも行くぞ」と号令をかけた。

長谷部家の玄関ほどの広さの店内には、奥手に会計のレジがあったが、静香の両親はいなかった。人一人通れる程度の隙間を開けて、武男の背丈より少し低い棚が並ぶ。お菓子や食料品の棚の裏は文房具や日用雑貨だ。お酒の一升瓶が一本、インスタントラーメンの隣に立っていた。壁際にはぺらぺらした女性用のブラウスが掛けられ、レジに近いところにジュースが入った冷蔵庫とアイスクリームやかき氷用の冷凍庫が低く唸る。以前慎次郎がからかったゴム長もまだあった。ただ、決められた曜日にクーラーボックスを利用して売られていた保冷を必要とする生鮮食品は、置かれていなかった。

品揃えは悪くないが、それぞれの数や量はさほどではない。小さなスペースにほんの少しずつ、いろんなものがある店だ。一家で切り盛りできる精いっぱいの規模といった感じだ。

緑は布の手提げバッグを持ってきていた。それに静香が「これ好き？」と確認しながらも、どんどんと女子好みのお菓子を入れていく。静香は男子にも「全部持っていっちゃっていいから」と八重歯を見せ、間抜けたことに緑のようなバッグの用意が武男たちにないと知ると、通学用のカバンがすっぽり入る大きさの紙袋を渡してくれた。

うまい棒は人気で、棚からすぐに無くなった。緑は好きだといったチョコレートやドロップのほか、シリーズで発売されているレモン味のキャンディーやガムを、いくつも手に取っていた。幸男は酸っぱくて苦手なのだが、緑と静香は「美味しいよね、これ」と言い合っている。

幸男はチョコレートがかかったクッキーとベビースターラーメン、キャラメルとジュースの缶を五本もらった。

「お菓子以外もいいよ。文房具とか」

静香の言葉に背を押され、幸男は店内を移動し、見繕った。

手のひらに入るサイズの、小さな懐中電灯がフックにかかっていた。単三の電池一つで灯るおもちゃみたいなものだが、なんとなく気に入ったので袋に入れた。

レジのところで、静香が懐かしそうに呟いた。

「家の中にいてもね、お父さんやお母さんがいらっしゃいませって言うのが聞こえてきたの。私、その声を聞くのが、好きだった」

各々、袋をいっぱいにして、およそ一時間後に宮間商店を後にした。

「また、林間学校でね……」

静香は去りゆく幸男たちに、店の前からいつまでも大きく手を振り続けた。

「林間学校のおやつは万全だな」武男は紙袋の中を覗いた。「静香のおかげだ」

「でもこれ、いきなり全部家に持って帰ったら怒られないかな」

商店が田んぼの向こうに小さく見えるくらいに歩いたところで心配を口にしたのは、源太郎だった。確かに小型の雑貨はともかく、お菓子やジュースの類は見つかれば親に没収されるのは、火を見るより明らかだ。

「林間学校、行くんだったよな」元気がそれに答えた。「だったら、コテージに隠しておけば、夜に食べられる。決められた三百円以内のおやつなんて、一日目で無くなるよ」

元気と源太郎は、二年生には珍しく林間学校参加組である。

「コテージ？　まだオープン前なのにそんなことできるのか？」

武男が怪しんだが、元気は「できると思うよ」と答えた。

「父さんが言ってたんだ。あそこ、ゴルフ場作ってる作業員がたまに入って休憩するんだって。本当は駄目なんだけど、暑いプレハブより快適だから」

だから、一階裏口の鍵は開いているのだと、元気はとんでもない秘密を暴露した。

と、土くれの道に、黒いまだらが滲む。

「雨だわ」

空を仰ぐ緑の頬にも、滴が当たった。垂れ込めていた雲は、宮間商店にいる間に溜め込んだ湿気を雨に変え、帰り道の幸男らめがけて落としてきた。

静香からもらったのは紙袋だ。濡れて底が抜けでもしたら、元も子もない。源太郎が断じた。

「ここからなら、ニュータウンに帰るよりコテージのほうが近い」

黒蛇山のコテージは、肉眼でもはっきり認められる場所にある。原っぱの北側を突っ切れば、元気の家が明け渡して作業員の駐車場と化している土地がある。

「大人がいたらどうするの？」

緑の懸念は、元気が和らげた。「天気が悪いから、作業は切り上げて、たぶんいないよ」

雨は弱まる気配がなかった。

「林間学校のとき、お菓子やジュースが余計にあったら、ニュータウンの連中、羨ましがるぞ」

武男の一言は、馬の尻に入れる鞭みたいだった。一行は武男を先頭に黒蛇山へと向かった。途中、元気の家の土地だった駐車場の中を通った。車は一台も停まっていなかった。

駐車場から自然公園までの道は整備されて、谷津流の農道などよりずっと歩きやすかった。昔カブトムシを探した黒蛇山の裾野の森はすっかり消えて、かわりになだらかな芝の斜面の中腹に、二階建てのしゃれたコテージができている。傾斜を利用したターザンロープなどの遊具も揃っていた。降りしきる雨の中でも、開発された一帯はニュータウンに似た空気があった。

元気がコテージの裏口に回る。銀色の丸いドアノブを回すと、事前情報とは異なり、鍵がかかっていた。

「なんだよ。ここまで来たのに、どうするんだよ」

武男に言われて情けなく眉を下げる元気をかばったのは、源太郎だった。

「お、俺がなんとかしよう」

またた、と幸男は内心ため息をついたが、源太郎はポケットの中からプラスチックのトランプを取り出すと、中から一枚を抜いてドアとドアフレームの隙間に差し込んだ。それを手前に若干傾けた状態で、ドアノブを回しながらトランプを上下に動かす。何度かそうしていると、本当にカチリとロックのボルトが外れる音がして、ドアが開いた。

「今のも手品ですか？」

目を丸くした緑に、源太郎は「え？　そ、そう。このカードも消せるよ」と張り切り、トランプを持った右手をさっと振った。しかし次に、「痛ってえ」と目を押さえた。なにをしようとしたのかはわからないが、トランプが飛び、源太郎の顔面に当たったのだった。開錠で感心していた空気が、あっという間に冷めた。せっかく上がった株も元どおりだ。

——俺の兄さんはズレてるしさ。

慎次郎の気持ちもわかるなと、幸男はひそかに思った。源太郎は恥ずかしそうにへらへらし続けた。

コテージの中は無人だった。幸男たちは二階の一番奥の部屋に忍び込み、その部屋の押し入れに積まれた布団の奥に、静香の店からもらったものすべてを、水滴を拭（ぬぐ）ってから隠した。

第五章　林間学校

終業式の日の午後から降り出した雨は、なかなか止まなかった。幸男は祖父が山の方を眺めながら「しろいあめふりゃ……か」と呟くのを、何度か聞いた。

夏休み三日目の朝、目覚めた幸男は久しぶりに朝陽を見た。カーテンを開けると、白鷹山の緑が雨の前よりも濃く、空との境界がくっきりと際立っていた。ふもとに迫る長谷部家の田んぼは、長雨にも負けず、倒れず育っており、青々とした稲葉は風にそよぐごとに、きらきらと雨粒を払っているのだった。

良かった、両親と祖父は一安心だろうと、幸男が胸を撫でおろしたときだった。

「武男、幸男。起きているかい？」

階下から母の声がした。その声に、幸男のはらわたはきゅっと縮んだ。いつもの早起きを促すものとは、ほど遠かったのだ。戸惑いと心配、なにより、兄弟の名を呼びながら、呼ぶのをためらうような複雑さがあった。

幸男は寝間着のままで部屋を出た。階段の上から見下ろすと、こちらを見上げる母の顔は逆光で暗かったが、柄にもなく神妙な表情をしているのはなんとなく窺えた。

幸男が着替えていないのも怒らない。

母の手には、白い封筒があった。

「なんだよ、母ちゃん」

少し遅れて来た武男も、寝間着だった。母の口からはやはり小言はなかった。かわりに、

「……これ、あんたたちにだよ」

踏みしめるように階段をのぼってきて、手の中の封筒を兄弟に差し出した。

兄に一通。幸男にも一通。表にはそれぞれ、『長谷部武男くんへ』『長谷部幸男くんへ』と宛名が書かれてあった。住所はなかった。

静香の字だった。

切手は貼られていなかった。直接郵便受けに入れていったのだ。

「着替えて下りておいで」

すぐに、とは言わず、母は階下へと去った。

武男は乱暴に封を切った。出てきた便箋に素早く目を走らせると、兄は階段を駆け下り、寝間着のまま外へと飛び出した。母が兄を呼び止める声が、一度だけした。

幸男は兄とは逆に、封筒をゆっくり開けた。開けるのが怖かった。手が震えた。

『幸男くんへ
小さいときから原っぱで遊んだね。ずっと仲良しでいてくれて、ありがとう。私は一人っ

子だから、武男くんみたいな強いお兄ちゃんがいる幸男くんが、うらやましかったです。

幸男くんは武男くんよりは強くないけど、まわりのことがとてもよくわかっているなって思います。中学生になってから、ニュータウンの子たちと一緒にいるよね。ゲームのときも、そうでした。武男くんからは怒られてたし、私も本当は、幸男くんはちょっぴりずるいなって思ったけれど、でも、どっちもゲームに勝ったのは、ニュータウンのほうだった。

幸男くんは強いほうがわかったから、谷津流育ちなことも関係なく、ニュータウンのグループについたんだと思います。

それって、すごいことだなって、今は思います。どうすればいいのか迷ったときに困らないから。あれはゲームだったけど、もしももっと大きなこと、例えば戦争だったら、幸男くんは勝つほうにいられるから、ケガしたり死んだりしないでしょう?

武男くんは強いから、二人で力を合わせたら、きっともっといいと思います。

最後に、ウソをついたことを謝（あやま）ります。ごめんなさい。

転校するけれど、林間学校には行くって言っていたの、ウソだったの。

お父さんとお母さんから、みんなにはそう言うようにって言われていました。引っ越す日を教えちゃダメだって。

本当は、みんなに会って、直接、仲良くしてくれたお礼とさよならを言いたかった。

でも、これも、仕方がないことの一つなんだと思います。

いつか、またみんなに会えるといいな。幸男くんにも会いたいな。
じゃあね。さようなら。
元気でね。

宮間静香』

それからややしばらくして、武男が帰ってきた。泣いてはいなかった。ただ、頰と目が真っ赤だった。身支度を整え、きちんと朝ご飯の席にもついたが、ご飯も味噌汁もおかずも、どれも少しずつ残し、口先だけで「ごちそうさま」と言って、自室に走り去った。

いつもなら、両親や祖父が、「それくらい食え」「ごちそうさまはきちんと言え」「家ン中、バタバタ走るな」と、どやす。けれども今朝は、三人とも武男を見逃した。

「夜中に、出てったんだな」父が呟いた。「俺も店の中覗いてみたけど、まだ残ってるもんもあったな。車だけがなかった」

「それだけ急いでいたのね」母はため息をついた。「挨拶をしないで行ってしまうようなお家じゃないのに」

「幸男。もしかしたらな、このへんに宮間さんはどこへ行ったか訊いて回る、知らない顔の大人がうろつくかもしれんけどな。しつこくされたらすぐに俺や父ちゃん母ちゃんに言え」

祖父の言葉に、都会の子になるんだよと笑っていた静香を思い出した。

「東京か横浜に行くって言ってたんだけど、それ秘密なんだね」

祖父は立ち上がって腰をさすった。「そうだな。言わんほうがいいな。どこへ行ったかはわからないって答えておけ。手紙にはなんか書いてあったか？」

「なにも書いてなかった」

「そうか」

もしかしたら、東京か横浜も嘘なのかもしれない。そんな直感が、幸男の頭に走った。嘘というより、ごまかしか。どうやら、引っ越し先は知られてはいけないらしい。だとすると、情報が漏れないように、静香自身も教えられていない状況だってあり得るのだ。

また、幸男は少し前の出来事を思い出し、今さら合点がいった。林間学校に参加するかと兄に問われて、静香は泣いたことがあった。わけのわからない涙だったが、こういうふうに谷津流を去るのなら腑に落ちる。あのころ、既に静香の家では、店を畳んで引っ越すことが決まっていて、さらにその日は林間学校の前になると知らされていたのだ。いくら楽し気に予定を訊かれても、参加できないと思ったから泣いたのだ。

その上、引っ越す日を悟られないためだけに、参加するふりだけはしなくてはならなかった。

終業式の日の午後、宮間商店からは好きなものをもらえた。

ニュータウンの大型スーパーにも、同じものが置いてあるはずだ。緑はうまい棒が好きだと言っていた。

ニュータウンの店で売られているうまい棒のほうが明らかに美味しいのなら、静香が言うように仕方がないと思える。でも、そんなことはない。同じものを売っているお店だ。

なのに、どうしてこんなに違ってしまったのか。

幸男は手を合わせて「ごちそうさま」と言い、兄の分まで食器を台所に下げた。

静香からもらった手紙を、幸男は学習机の引き出しにしまった。右袖(そで)の一番上の引き出しを選んだ。取っ手に指をかけて引くと、いろんなものが混然と詰め込まれ、ときにはつかえて開かなくなる他の引き出しとは違って、底の板が見えるほど、ほとんどなにも入っていない。

お年玉を貯金している通帳。物心つく前に他界した祖母(そぼ)の形見のお守り。小学校の修学旅行のお土産(みやげ)に買った、東京タワーの入場記念コイン。

大事なものだけを入れるそこに、幸男は宛名が書かれた面を上にして、そっと入れた。

＊＊＊

晴れた夏空のかわりに静香がいなくなってから、武男は真面目(まじめ)に弓道部の練習に行った。練習へ行く前の早朝や帰宅してからは、家の田畑を手伝った。手伝いよりも遊びを優先していた去年とは、大違いだった。

兄につられて幸男も水田に出たものの、あまり役には立たなかった。命じられたのは雑草取りだったが、中腰で一本一本引き抜く作業は想像以上にきつく、背中から腰、太腿(ふともも)の筋肉が強張(こわば)り、おまけに真上からじりじりと日差しが肌を焦(こ)がして、体力を奪った。暑さで蒸(む)れた頭をどうにかしようと帽子を取ったら、頭の皮膚が陽に焼けて、数日後に頭髪の毛穴がそのまま残った皮がずるりと剝がれた。

祖父や両親から働き手としての期待をされていないのをいいことに、幸男は一人で真夏の空の下をうろついたりもした。去年までは草の中を転げまわって遊んだ扇状地の原っぱは、小学生たちが主役になっていた。宮間商店にも行ってみた。誰もいなかった。引っ越し先を訊いてくる見知らぬ人さえも。歩きながら幸男は、桐人や元気の姿を探した。静香から手紙をもらったか、もらったならなんと書かれてあったのか、知りたかったのだ。だが、訊いたところで状況は変わらないとも思った。静香の手紙の内容は、おおむね似たようなものだろう。どれにも引っ越し先は匂わされていない。

もし、特別な文面があるとしたら、緑に宛てたものだけのような気がしたが、ニュータウンに住む緑の家に手紙を残したかは、首を傾げてしまう。おそらく静香は、夜中に去るときに、こっそり手紙を郵便受けに入れて回った。ニュータウンまで足を延ばす時間の余裕は、きっとなかった。転校することは泣いたときに打ち明けたとしても、引っ越す日までは、誰にも、緑にも口をつぐみとおしたはずだ。緑は下手をしたら、静香がもういないことを、知らない可能性だってある。

宮間家のような引っ越しの仕方を、端的に表す言葉を、幸男は知っていた。

でもその言葉は使いたくなかった。

両親も祖父も、もちろん武男も、誰も使わない。

七月の終わり、林間学校の日程が目前に迫っていた。幸男は配布された『林間学校のしおり』を見ながら、修学旅行でも使ったリュックに、二泊三日で使う着替えや、指定された持ち物を一つ一つチェックしながら入れた。

コテージにおやつをあらかじめ隠してある分、リュックには多少の余裕ができた。背負ってみても重くはない。指定されてはいないが、あれば便利そうなものを考えあぐね、幸男は正露丸の小瓶を常備薬の箱から失敬し、ビニール袋に入れて衣類の隙間に詰めた。夜中にお腹や歯が痛くなったとき、何度かこの黒い玉の世話になった。痛くならないに越したことはないが、ないよりあったほうが安心に違いなかった。

静香の一件で相当なショックを受けたはずの武男も、行かないとは言わなかった。武男は常に部活や家の手伝いをするなど、身体を動かすことで頭を空っぽにしようとしているかのようだった。

そんな折、幸男は雑草取りの合間に見上げた太陽に、目を丸くした。薄雲の向こう、天高くにある熱と光の塊の周りを、ぼんやり輝く輪が取り囲んでいたからだ。

綺麗にかかった虹を見たときと似た気持ちに、幸男はなった。それは良い兆しのように思えた。もしかしたら林間学校も、案外、なにごともなく終わるのかもしれない——そんな予感の風が幸男の心を駆け抜けた。

林間学校を翌日に控えた夕食は、武男と幸男二人とも好物の豚カツだった。

「雨合羽は持ったかい？」

母がそう言ったのは、天気予報のせいだろう。曇りのマークだったが、アナウンサーが口頭で

「ところによって雨が降るかもしれません」と締めたのだ。幸男はリュックの中身を頭の中でさらい、大きく頷いた。

「持ったよ。しおりに書いてあったから」

「日暮れどき、風が湿っていた。カエルもうるさい。昨日はお天道さんに暈もかかってた」祖父は豚カツをひと切れずつ兄弟にくれた。「一雨来るぞ」

「今年は多いな」父は兄弟の林間学校よりは、農作物が気がかりの顔だ。「これだけ雨が降ると、いもち病になるところもあるんじゃないか」

「太陽も傘を差すの？」

幸男の問いかけが終わるか終わらないうちだった。また、地が揺れて家が鳴った。幸男はとっさに味噌汁のお椀を見た。お椀の中身は波立っていたが、こぼれるほどではなかった。

「余震だな。しばらく続くもんだ」

父は冷静に言い切った。テレビ画面の上部に、白地の速報テロップで震度2と出た。

夕ご飯を平らげて、祖父から順に風呂に入った。幸男の日焼けした腕は、もうヒリヒリとはせず、程よくトーストしたパンの色になっていて、裸でも服を着ているみたいだった。

リュックと着替えのジャージを枕元に置き、幸男は早めに布団に入った。

電灯を消すと、カエルの鳴き声がいっそう耳についた。中学生にもなって、てるてる坊主なんて作る気はないが、晴れればいいと願った。

＊＊＊

林間学校の初日。集合は朝九時、中学校の校庭だった。幸男は武男とともに、両親と祖父に見送られて家を出た。

曇り空だった。雨は降っていないが蒸し暑く、少し歩いただけで汗がTシャツに染みた。空気が生温い煮凝りになったようにどろりとして、息苦しさを覚えた。

宮間商店の前を過ぎる。武男は前だけを見つめて、店へと目を動かさなかった。

校庭には既に秀明と桐人、緑の姿があった。三人はばらばらではなく、以前辻校長が絵を描かせた桜の下で、一塊になっていた。そのことに幸男は、後ろめたさと安心を同時に覚えた。桐人はずっと同級生だったよしみから、静香からの最後の手紙をもらっただろう。となれば、仮に緑が静香の事情を知らずに今朝を迎えたとしても、三人でいる間に桐人から知らされている。

と思っていたら、緑も手紙は受け取ったと話した。

「私には郵便で届いた」

白のポロシャツにジーンズといういでたちの緑は、制服のときよりもすらりとして、大人っぽく見えた。彼女は背中に腕を回して、紺色のナイロンリュックのバックポケットを軽く叩いた。

「持ってきているの。静香ちゃんも本当は参加したかったと思うから」

緑は寂しげに目を伏せた。

「おまえ、よく来たなあ」

武男の言葉に嫌みめいた響きはなく、純粋に驚いているのが幸男にはわかった。幸男も同じく驚いていた。静香に親しく接する緑は、ニュータウンの女子からも谷津流の女子からも一定の距離を置かれている。唯一の相手となる静香がいなければ、二泊三日は孤独だろう。なのに、その行程から逃げなかった。

おそらくは、先ほどの言葉が理由なのだ。参加したくてもできなかった静香のために、せめて手紙を携えて来たのだ。

保仁と慎次郎、源太郎と元気も姿を見せた。一度会った保仁の母親もだ。白地に青の水玉のワンピースを着こなし、わざわざ見送りに来たようだ。間もなく引率の教頭先生も現れた。横には同じく引率の体育教師田岡と、同行はしないはずの辻校長もいた。

教頭と田岡先生は、集合している生徒たちを男子と緑にわけ、さらに男子を背の順に並ばせた。辻校長は額の汗を拭き拭き、整列する生徒らに声をかける。

辻校長が幸男のところまで来た。

「おはよう。元気に仲良く過ごしておいで」

参加申込書を出しているはずの生徒のうち、四人がいなかった。彼らについて、教頭が説明をした。

「残念ながら、家の事情などで欠席の連絡をしてきた生徒も四人います。全参加者はここにいる九人」

四人全員に家の事情があったとは思えない幸男は、自分の身に置き換えて考えてみた。もし幸男が親しい誰かと示し合わせて参加を決めたとしたら、その誰かが行けなくなったと知れば、自分もやめる。

実際は、四人全員に事情はないのでは。みんながみんな、緑みたいに肝が据わってはいない。一人は嫌だ。

武男、桐人、保仁、慎次郎、秀明、緑、元気、源太郎、そして自分。とにもかくにも、静香以外はゲームでやり合った面子になったのだった。

「ぼろい店の子は？　来るんじゃなかったのか？」

幸男の後ろで保仁が言った。湿った空気がいっそう重みを増す。緑以外のニュータウン組は、手紙をもらっていないのだ。桐人がさりげなく「もう引っ越しちゃったんだよ」と事実だけを教えた。

だが保仁は、桐人の簡単な説明のみで、去り方が普通ではないことを察したようだった。

「それ、おかしいな。急すぎる。まるで……」

「黙れ」

武男が低い声を出したと同時に、教頭からも注意が飛んできた。「そこ、私語をしない」

それから、参加人数の寂しさを取り繕うように、いっそう声を大きくした。

「人数は少ないけれど、それだけ一人ひとりが行事に深くかかわることができると考えましょう。もちろん先生と田岡先生もサポートするから、安心して」

教頭はそこでいったん言葉を切り、辻校長に視線をやった。校長が柔和に頷くのを確認すると、ぽんと一つ手を叩いた。

「さあ、出発しよう。田岡先生の後ろに本条緑さん、緑さんの次に男子の列だ。最後は教頭先生」

指示されたとおりの隊列で、グラウンドをあとにする。道路に出る境目のところには、きっちり化粧をした保仁の母親が、心配そうに眉間に皺をよせていた。真っ赤な口が開き、やや高めの声がかかる。

「危ないところに行っちゃ駄目よ、お父さんの会社が作った道から逸れちゃ駄目よ、わかったわね」

「お母さん、我々がちゃんと見ていますから」

教頭がなだめるのを、幸男たちは背中で聞いた。


自然公園には、十時半ごろに到着した。

「うわあ、公園もコテージもかっこいいなあ」

大げさな賛辞は慎次郎から発せられた。武男が舌打ちした。道中、慎次郎が宮間商店を指さし、「ほんとだ、見事につぶれたな」と揶揄したのを許していないのだ。保仁との一件で懲りたのか、兄は堪えたが、そうでなければ、慎次郎の鼻の穴には詰め物が詰まっていただろう。

おやつを隠したときは、雨で急いでいたので、あたりを観察する余裕はなかった。今見ると、どこもよく整備されている。大人の背丈ほどの丸太二本に、『のぞみ野丘自然公園』と白字で書かれた板を取り付けた看板の脇には、乗用車三十台ほどが駐車できるアスファルトが敷かれたスペースがあり、シルバーのセダンと白い軽が一台ずつ、コテージに近い場所に停まっていた。昔はうっそうとした森だったコテージ周りはきれいに伐採され、花や紅葉がきれいな低木だけが、ターザンロープやブランコ、雲梯、ジャングルジムなどの遊具の合間に、まばらに残っている。遊具のほとんどは木製だった。伐採した樹木で造ったのかもしれない。

コテージは公園の一番奥手、本来ならば山頂側にあるのだが、白い砂利が敷かれた道は登りではなかった。大きなログハウス風のコテージは、横長の二階建てで、正面の入り口はしゃれた強化ガラスの両開き扉だ。

コテージの裏手は、五、六メートルほどの高さの崖だった。自然公園全体をならすためには、それだけの傾斜を削る必要があったのだ。崖は土がむき出しで、他が整えられているのとくらべて荒々しい印象だった。補強コンクリートなどでなぜ整えないのか、もしかして工事が途中なのかと思っていたら、秀明が一目見て謎を解いた。

「あそこ、地層が観察できるな」

林間学校に利用されるだけはある。自然公園は子どもの勉強場所でもあるのだ。

コテージの中から、中年の男女が出てきた。男は背広こそ脱いでいるものの、ワイシャツにネクタイはきっちりと締めていて、髪もオールバックに撫でつけられており、サラリーマンだということを声高に主張している風体だ。白い半袖ブラウスに紺色のゆったりしたズボンを穿いた女性のほうは、小柄で痩せている。

男女は教頭先生と短い会話をし、男のほうだけがセダンで去っていった。

「はい、整列」

教頭先生はコテージから出て来た女性を、食事を作ったりお風呂を沸かしてくれる皆川さんだと紹介した。皆川さんは「初めまして。三日間よろしくお願いします」と一礼した。

「まずは割り振りした部屋に荷物を置いてきて。十一時から結団式を行います」

教頭が言い、田岡先生が一枚ずつプリントを配った。参加者の名前の横に、部屋番号があった。緑と先生たちは一階の部屋を一人ずつで、男子は二階の部屋を二、三人のグループで使う。二年の元気と源太郎が一緒の部屋なのは想定内だった。一年生六人は三人一組に分けられた。武男、慎次郎、桐人が同じ部屋、幸男は保仁と秀明二人と同室だ。

正面玄関で外靴を脱ぎ、上履きに履き替える。スリッパの生徒もいた。終業式の日に忍び込んだときは、靴を脱いだだけで、ぺたぺたと歩いた。足跡が付いたかもしれないと今さら冷や汗をかくが、ゴルフ場の作業員も勝手に休んでいるとの情報を思い出して、大人の足跡で消えているだろうと気を取り直した。

正面玄関から入ると、ちゃんとロビースペースがあるのだった。外国の小さなホテルみたいにしゃれた印象だ。木目も鮮やかな木の壁からは、森の香りもする。ソファやテーブル、本棚、パンフレット類が揃えられたラックなどもある。壁を飾るのは、数点の額に入った絵や写真だ。

その中でも一番大きい、両手をいっぱいに広げたほどの幅がある写真の前に、桐人がふらふら歩み寄った。

「桐人、部屋に行くぞ」

武男が促し、桐人は「ごめん」と応じて名残惜しそうにその場を離れた。

「なに見てたんだろ、あいつ」

秀明が桐人と入れ替わるように写真へと近づく。保仁も武男と同様に「おい、秀明」と制止の声をかけたが、秀明は桐人と違って「ちょっと待って」とそれをいなした。

その秀明の態度が少し痛快で、幸男も彼の隣に立って写真を眺めた。

桐人が見ていたのは航空写真だった。白鷹山、黒蛇山の全景はもちろん、ゲームをした扇状地付近までを収めているもので、開発が入る前と入ったあとの二枚が、比較しろと言わんばかりに上と下で繫がっていた。それぞれの写真の右下に撮影時期なのだろう、『昭和五十年七月』『昭和五十八年七月』とあった。

昭和五十年の二つの山は、どちらも緑の森の塊で、航空写真だと双子のようだ。

一方、つい最近撮影した昭和五十八年の山では、はっきりと違いが生まれていた。白鷹山は変わりないが、黒蛇山は深い緑の中に黄緑に少し白と茶を足した色合いの長細いアメーバみたいな模様がいくつもうねっている。ゴルフ場だ。ふもと近くの自然公園は、ゴルフ場ほどではないが、やはり周りにくらべると緑が薄い。

この写真は、ゴルフ場を自慢するものなのだと、幸男はピンときた。十年もかけずにここまで開発したのだと胸を張るために、壁に掲げられた。

「行くぞ」

秀明に促され、幸男は頷いてその場を離れた。割り振られた部屋に向かいながら、あとで時間が空いたらもう一度写真を見てみようと思った。

桐人以外誰も見たことのない禁足地のお社が写っているかもしれない。もちろん、自分の家も探したかった。

おやつを隠した部屋は、誰にも割り振られておらず、空き部屋だった。いつ取りに行くか、幸男は自室で荷ほどきをしながら考える。タイムスケジュールが決まっているから、消灯後か？

ドアを開けて正面に窓が一つ。地層が観察できる崖が見える。他の三面は壁だ。おやつを隠した部屋にはなかった小さなベッドが、三つあった。二台のベッドは窓を右手にした壁に頭側をつけるように置かれ、もう一つは逆側の壁に沿うように窓を頭側にして配置されていた。

廊下を挟んで向かいの武男たちの部屋が、同じレイアウトだとしたら、窓からふもとが見下ろせる。こちらよりはずっと良い眺望だろう。

「この部屋のベッドを上から見たら、ひらがなの『に』だ」

秀明がベッドを指し示し、空中に『に』と書いた。ベッドの配置をひらがなでたとえるなど、幸男には思いもよらない発想で、つい笑ってしまう。だが、保仁はよくわからなそうだった。彼は唯一の縦線のベッドに、さっさと寝転がった。残りの二つは、秀明が窓に近い側を、幸男は出口側をとった。

「結団式が終わったら、河原で飯盒炊爨か」保仁は大きなリュックからさっそくおやつの板チョコを取り出し、割らずにかぶりついた。「腹が減ってるのに、調理しないといけないのかよ」

「さっきの皆川さんが、下ごしらえは済ませてくれているよ。たぶん」

チョコレートをひとかけくれるなどという珍事は起こらず、保仁は一枚ぺろりと平らげる。

「秀明にしちゃあ、楽観的だな」

「参加人数が減っただろ? 一人ひとりが行事に深くかかわるってのは、言い換えればそれだけ作業量も増えるってこと。しかも女子は緑だけ。タイムスケジュールが決まっている以上、大人がそこそこ手伝うはずだ。あとに影響が出るから」

秀明の読みは正しかった。コテージ前で行われた結団式という名の諸注意ののち、皆川さんが飯盒炊爨にと配ったのは、すでに切り分けられたカレーの材料だった。飯盒も渡されたが、中身は水と米ではなく、炊きあがったご飯で、炊飯器で炊いたのを移しただけなのがまるわかりだった。それでも、調理の手順が省略されたのは、子どもたちにとっては大歓迎だった。緑もほっとした表情を見せた。

「ポータブルのガスコンロは、先生たちで持っていきます。河原では、二つのグループに分かれて調理です。分けかたは……」

「教頭先生」保仁が手を挙げた。「ニュータウン組と谷津流組でちょうどいいと思います」

武男が保仁を睨む。

「俺らもそれでいい」

武男の口調は、宣戦布告を受けて立つといった感じだった。林間学校での勝負は、さっそく始まったのだ。どちらが早く、あるいは美味しくカレーを作れるか。さしずめ、そんなところか。

教頭は「二つに分けるのは喧嘩のためじゃないからね」と顔を曇らせた。

「先生たちもグループに入ります。先生は野波くんたちと、田岡先生は武男くんたちと。それでは出発」

桐人がふと空を仰いだ。

「どうした？」

尋ねた秀明に、桐人はこう答えた。

「雨が降るんじゃないかと思って」

「なんで？」

「一昨日、太陽に暈がかかっていたから」

——昨日はお天道さんに暈もかかってた。

祖父と同じ理由で、桐人も雨が降ると思っている。幸男はつい横から会話に割り込む。

「カサってなに？」

余震のせいで、祖父からは答えが聞けなかったのだ。桐人の双眸が、幸男を捉えた。

「惣左衛門さんから教えてもらってないのか？」

「僕は……」おまえと違ってそういうのは興味ないのだと言えば、秀明がじゃあなぜ問うのかと矛盾を指摘してきそうだ。「別に、なんとなく訊いてみただけ。別に大して知りたいわけでもないんだ、ただ……」

「暈っていうのは、太陽の周りに出る光の環のこと」桐人は幸男の言い訳を気にせず、説明を始めた。「惣左衛門さんと話しているときに、二度、出たことがあるんだ。そのとき、ああいうのが出たら天気が崩れるって教えてくれた。月にもかかることがある。太陽でも月でも、どっちでも雨が近いしるしなんだ」

　光の環なら、幸男も目にした。だが雨の前触れではなく、逆に雨上がりの虹のような吉兆と受け取っていた。桐人の話が本当だとしたら、まるで正反対だ。

「ふうん……」秀明は信じたようだった。「降るとしたら、今日これから？」

　桐人は頷いた。「そうだね。そろそろだと思う」


　コテージから遊歩道を経て十分ほど歩き、木で側面を補強した階段を下りて河原に着いた。

「ここでバーベキューできるようにするんだって、伯父さんが言ってた」

　保仁の声は自慢と宣伝を足して二で割ったみたいだった。

　扇状地を流れる御八川に近づいたことはあっても、山中の御八川の河原を訪れたのは初めてだった。平地よりも川幅はいくぶん狭い。電柱を一本倒したくらいの幅だ。そこらはこぶし大からサッカーボールほどの大きさの石までごろごろしていて、とても歩きづらかった。水流は思いのほか勢いがあり、水切りをやるには難しそうだ。

　水はやや濁りがあるように見えた。

　教頭先生と田岡先生は、川にあまり近づかないように注意をして、手ごろな位置で石を土台のように組み、その上にポータブルのガスコンロを置いた。

カレーは先生たちの協力もあり、二組ともほぼ同時にできあがった。ニンジンはまだ少し硬かったが、十分に美味しく、武男は飯盒の中にそのままカレーを流し入れて、豪快に口に運んでいた。

ニュータウン側も和気あいあいだ。教頭と田岡先生が示し合わせたように、「二グループ、もう少しくっついてみんなで一緒に食べなさい」と促した。武男と保仁の視線がぶつかった。

「あ」

間抜けな声を出したのは桐人だった。桐人は右手の手のひらを上にして、空を見上げた。

河原の石に、水滴の跡が黒く広がる。

雨が降ってきたのだった。

教頭が撤収を指示した。生徒たちは食べかけの飯盒やら使った鍋やらを持ち、コテージへと戻った。

「今年も雨かあ」

呟いたのは源太郎だった。それに慎次郎が「兄さんが雨男なんじゃないの」と吐き捨てた。

教頭は生徒たちをロビーに集め、夕食まで自由行動の指示を出した。二年の二人と緑は部屋に戻った。武男と保仁は、先に動いたほうが負けと言わんばかりに睨み合っていた。桐人はまた航空写真の前に行った。秀明がその隣に立つ。

「この写真、気に入った？」

話しかけた秀明に、桐人は視線だけをやった。「谷津流のこういうの、初めて見たから」

「写す価値ができたってことだな」

幸男も二人のそばに寄った。自分の家が写っているか確認したかったのだった。秀明の横から首を伸ばして写真を眺める。二人は話しかけてこなかった。

秀明が上履きで床を蹴った。それは、爪先で軽くとんとやったり、ソールで擦ったりという、リズムと法則を持った蹴り方だった。そして、わざと軽く桐人に肩でぶつかり、そのまま二階に行った。

去年の大祭と、同じ足での合図だ。

「……幸男。おやつはどうしようか」ふいに桐人が耳打ちをした。「いつ取りに行く？　行くなら自由時間の今がいいんじゃないの」

そうだ、自由時間なのだ。今を逃せば消灯後まで待たなければならない。夜中にうろうろするのは先生に見つかる危険があるし、なによりそれだけおやつにありつく時間が減る。

「兄ちゃんに声かけてみる」

幸男は睨み合いを止めてソファで腕組みをしていた武男に近づき、「あれ、取りに行こうよ」とささやいた。武男はパンフレットを開いて慎次郎にあれこれ言っている保仁を一睨みし、頷いて立ち上がった。

「みんなで行くと目立つ。おまえと桐人で手分けして緑と元気たちを呼べ。ちょっとずつ時間差で、あの部屋の前に来るんだ」

「わかった」

幸男は桐人に指示を伝え、すべて言われたとおりにした。一番遅くに部屋の前へ来たのは緑だった。

部屋はやはり鍵がかかっていなかった。幸男の心配は、足跡などで誰かに隠したものが見つけられ、没収されているという事態だった。だがそれは杞憂だった。押入れの布団をかき分けると、隠したときそのままの状態で、おやつがいっぱいに入った紙袋を、各人が手にすることができた。いきなり雨に降られて嫌なスタートを切った林間学校が、おやつのおかげで少し好転した感じがした。

幸男は心の中で静香に礼を言った。

「なにか聞こえなかった？」

緑だった。頭をわずかに傾け、聴覚を研ぎ澄ましているふうだ。

「雨の音か？　雷？」

「ううん、違う」武男の言葉を否定しつつも、緑は自信なげだった。「もっとなにか……変な音。ロープがちぎれるような……気のせいかな」

「僕にも聞こえた」桐人だった。「一度だけ、上のほうから」

幸男には聞こえなかった。聞こえたのは、刻一刻と激しさを増していく雨音だけだった。

第六章　山崩れ

「なんの音だ？」

秀明が顔を上げた。夕食も終わり、交替で入浴も済ませ、消灯を待つばかりの自由時間だった。隠したおやつを回収したときには気づかなかった音を、幸男も今度こそ聞いた。窓の外、崖の上からそれは届いた。雨音はやや弱まっていた。

びちっ　みしっ
空気の中で響く感じではなかった。もっとくぐもっていた。地面の下で鳴っていると、なぜか思った。

「……蛇神様の声かも」

「はあ？　なに言ってんだよ」桐人の小さな声を嗤ったのは、保仁と慎次郎だ。「蛇神様っておまえらの祭りの神様だろ？　そんなのが本当にいると思ってんのか？」

桐人は俯いて黙ってしまった。

先ほどから武男たち三人も部屋に来ていた。慎次郎は保仁のコバンザメだから、隙あらば引っつこうとするのは理解できる。わからないのは桐人だった。桐人はおやつの紙袋を持って、幼馴染の幸男ではなく、秀明を訪ねて来たのだ。訊けば、航空写真の前で繰り出した思わせぶりなモールス信号は、おやつ交換の誘いだったとのことで、口で言えばいいのにと幸男は内心呆れてしまった。

兄の武男は、部屋に一人でいるのが嫌だったのか、慎次郎と桐人に続いてやってきて、幸男のベッドに寝転んでいた。

びちっ　みしっ

音はまたも聞こえた。

「変な臭い、しないか？」武男が顔をしかめた。「ガス漏れの臭いだ」

「おまえがすかしっ屁こいたんだろ」保仁は歯を剥き出して笑った。「すかした張本人が臭いって言うんだ、ごまかすためにな」

「こいてねえよ」

「おやつ、あげるよ」兄と保仁が喧嘩しないよう間に入りながら、幸男はコウモリらしく振舞う。「まだ、いっぱいあるから」

「ずるいことやったな、谷津流の奴ら」隠しておいた紙袋を部屋に持って帰ったとき、すでにうまい棒を二本取り上げておきながら、保仁は遠慮しない。「甘いものくれよ」

幸男は先ほど自分のリュックに、紙袋の中のおやつの一部と、宮間商店の思い出にもらったキーホルダーなどを、こっそり移した。紙袋ごと見せても、全部取られることのないように。

びちっ

「チョコはないのか」幸男の紙袋に保仁の右手が入る。「あれ、なんか少なくなってるぞ」

幸男は我が物顔に動くその手を見ながら思う。

あの音はなんだろう？　生き物の鳴き声？　土の中から聞こえるのに？　そしてこの臭いは？　ガスが漏れているなら、避難しなくては。でもガス漏れなら、警報機が鳴るはずだ。

そのとき違う音がした。

とても大きな、トラックより何十倍も大きなものが動き出すような重低音。それが、霰や雹を思わせるバラバラという音とともに、鼓膜を震わせた。

「飛行機か？」

保仁がカーテンを開けようとする。

コテージになにかがぶつかった。

全員が階段横の一階ロビースペースに集合した。教頭が呼んだのだ。炊事係の皆川さんもいた。エプロン姿なのは、朝食の下ごしらえでもしていたのだろうか。

コテージのどこになにがぶつかったのか。幸男は今いる場所から見える範囲で異常を探した。ロビースペースの窓の外は、暗くてなにもわからない。廊下を挟んだ逆側の正面入り口も、特に変わったところはなさそうだ。ただこちらも、強化ガラスの戸の向こうはわからなかった。

廊下に半歩踏み出し、左右を見てみる。左手の事務室とその先の居室も、右手の階段から食堂、風呂場やトイレが並ぶ共有スペース側も、昼間に目にしたそのままのように思えた。

建物内の蛍光灯はちかちかしていたが、消えてはいなかった。

なんとなく暗い気がするのは、きっと心のせいなのだ。

教室一つほどの広さのロビースペースで、子どもたちは中央に置かれたローテーブルを取り囲むようにし、不安げな顔を突き合わせる。テーブルの横や壁際のソファに腰かけようとする者はいない。緑以外の男子生徒は、Tシャツにジャージのズボンだった。寝間着がわりの短パンの上に、慌ててジャージを穿いてきたためだ。緑はさらに長袖のジャージを羽織っていた。みんな手ぶらで、足元は上履きやスリッパをつっかけただけだ。

「みんな大丈夫だな」

それぞれの顔にざっと目を走らせて、教頭が頷いた。教頭はまだワイシャツにスラックスだ。ただ、ネクタイは外していた。みんなの顔を確認しながら、教頭は首元のボタンも外した。袖口から腕時計の銀色が鈍く光る。

「先生、なにがあったんですか」

窓の外を見る前に集合がかかったのだった。性急に答えを求める保仁に、教頭はいつもよりもゆっくりとした口調で応じた。

「大丈夫、落ち着きなさい。これから先生たちが外を見てくる」

「教頭先生、私が行きます」

名乗りを上げた田岡先生は、体育教師らしく長袖ジャージ姿だった。皆川さんが、いったんカウンター横からロビー隣の事務室に引っ込み、大型の懐中電灯を手に戻ってきた。それを田岡先生に手渡す。「私も一緒に行っていいですか。コテージになにかあったら、会社に報告しないと」

皆川さんの左手薬指に細い銀色の指輪がはまっているのを、幸男は今になって気づいた。

田岡先生と皆川さんはロビーからすぐの正面入り口から、傘を差して出ていった。入り口の強化ガラスの戸は、背後の闇のせいで大きな鏡みたいだった。そこにロビーに立ちすくむみんなが映っている。その中に肩を強張らせている自分を見つけた幸男は、意識して深呼吸した。紅一点の緑が気丈に背筋を伸ばしているのだから、情けない姿は見せたくない。

なのに、床に目を落とし、恐怖に固まったように身じろぎしないものがいる。桐人だった。

「大丈夫だから」

教頭は繰り返す。幸男は入り口とは反対側の窓を見た。こちらもガラスが鏡面になっていて、心もとない顔つきの自分と出くわす。しかし、そちらを向いたのには理由があった。音だ。

びちっ、みしっという音や大きなエンジンに似た音は続いていたが、ここにきて、雹が降っているような音のほうが耳についた。窓ガラスにつぶてが跳ね返っている音もする。雨は雹に変わったのだろうか？

「さっきから音が……」

幸男と同じことを気にしたのは、緑だった。緑が窓に近づこうとするのを、武男と保仁が止めた。

「俺が見てくる」

「俺も行く」

二人は張り合うように窓へと歩を進めた。

「びりびり、みそみそ……」桐人が呟く。「ちぎるめる声……黒蛇様の口」

秀明が桐人の顔を覗き込んだ「どうした？」

「あ、いや……」

そのとき、瞬いていた蛍光灯が消えた。驚きの声と小さな悲鳴が、複数の口から飛び出る。

「落ち着いて」教頭がすぐさま言う。「ブレーカーが落ちただけかもしれない。先生見てくるから、ここで待っていなさい」

入り口の上部に取りつけられた誘導灯の、弱い緑色の光を頼りに、教頭はまずロビーカウンター奥の事務室に入った。懐中電灯を探すためだろうかと思ってすぐに、それは田岡先生と皆川さんが持って出ていってしまったのを思い出し、幸男は焦りを覚える。早く二人が戻ってきてくれればいい、戻ってきてくれと念じた。みんなの面倒を見るために派遣されている彼女が、このコテージ内の設備に一番詳しいはずなのだ。すぐ外にいれば、コテージ内の電気が消えたのは瞬時に気づく——。

「うわっ」

窓辺にいた武男と保仁が揃って叫んだ。

先ほどとは違い、停電のせいで外の様子は見やすくなっている。廊下に近い位置の幸男の目にも捉えられるほどに。

崖の地層がえぐれていた。

山崩れだ。さっきの衝撃は山崩れだったのだ。

そしてまだそれは終わっていない。一部が崩れてコテージにぶつかっただけだ。崖の上からはまだ石が間断なく転がり落ちている。それが雹みたいな音の正体だ。ガラスに当たって跳ね返っているのも、その石なのだ。

また、重い音がした。

「窓から離れろ！」

秀明が怒鳴った。

生徒ら全員が一斉に反応する。幸男も無我夢中でその場から飛びのいた。

「二階だ！」

続けざまに秀明が叫ぶ。なにか考える余裕はない。ただ、その声のとおりに動く。少し遅れる。武男に腕を取られて引っ張られた。

全員が踊り場まで階段を駆け上がる。

次の瞬間、轟音とともに世界が揺れた。

＊＊＊

外のにおいがする。気になっていたガスの臭いではなく、土と泥の臭いだ。

誘導灯はかろうじて灯っていた。

「……一階はどうなったの？」震えながら緑が問う。「教頭先生は？」

「教頭先生！」

武男が大声で呼びかけたが、返事はない。誰かが唾を飲んだ。

「事務室、見てくる」

武男は迷わず言った。ついて来いという言葉はなかったが、みんな後に続いて暗がりの段差を下りる。

踏むごとに段は軋んだ。さっきまでそんな軋みはなかったのに。妙に下りづらくもある。段が水平でないのだ。どうやらコテージ全体が少し傾いたようだ。泥の臭いが一歩ごとに鼻を強く叩く。

一階は土まみれだった。崖に面した窓ガラスを突き破って、土砂が入ってきているのだ。ロビースペースの窓は、下半分が土砂に隠れて、そこから土のスロープができあがっている。本棚は倒れ、ソファはほとんどが埋まり、マガジンラックやテーブルはすっかり見えない。しかし武男は構わず土を踏みしめて進もうとする。

「気をつけろ。割れたガラスがあるかもしれない」

秀明の一言で、武男の足は止まった。スリッパの緑と源太郎、慎次郎の兄弟もだ。緑はちょっと考え、幸男に「お願い、靴を貸して」と頼んできた。言われるがまま貸すと、緑は幸男の上履きに履き替え、入り口へ向かった。なるほど、外靴がそこにあるのだ。崖とは反対側の入り口は、土砂もさほどではない。緑は素早くそこで外靴に履き替えて戻ってきた。

「ありがとう、幸男くん」

緑はこんな時でも礼を言った。そして、

「慎次郎くんたちも、履き替えたほうがいいと思う。一階はもう外みたいなものだし」

と、促した。

緑の「外みたいなもの」は、的確な表現だった。スリッパの二人だけではなく、「外靴のほうが、靴底がしっかりしているから」という理由で、結局全員が履き替えた。

武男は教頭が引っ込んだ事務室へとあらためて向かった。外靴になって少し安心を得たせいか、他の生徒もそろそろと続く。緑が「私のリュック、どうなっているかな」と呟く。彼女だけ一階に部屋が割り当てられたのだった。静香の手紙が入ったバックポケットを叩いた仕草が思い出された。源太郎が「お、俺ついていってやるよ」と名乗り出た。緑は断らず、二人は緑の部屋に行く。

事務室は真っ暗だった。やっぱり窓ガラスは全部割れて、土砂が押し寄せている。いろいろなものが倒れたり埋まったりしているようだ。土砂だけではなく、倒木まであった。まるで部屋ごと木に串刺しされたみたいだ。

立っている人はいない。

「教頭先生？　教頭先生！」

土砂を乗り越え奥へ進もうとした保仁と武男の声が空しく響く。土砂のスロープに目を凝らす。先生は懐中電灯を探しに入った。どこを探した？

「待て！」

武男が制した。

幸男は兄の背中を見た。それだけで、幸男には兄がどこを見ているかわかってしまった。

兄の視線の先を辿る。

汚れたワイシャツの袖口。血の染み。鈍く光る銀色。

窓に近い土砂の腹から手首の先が出ていた。腕時計が巻かれた手首と、こちらに招くように、だらりと折れた手。

武男はそこまで行き、周りの土を素手で掘り始めた。誰かが横を通って武男のそばに行った。秀明だった。元気と桐人も続いた。

「手で掘るのは駄目だ」秀明が武男を止めた。「おまえがけがをする」

「みんなで引っ張れば……」

保仁がそう言うも、自分から土から生えている手を握ろうとはしない。握ったのは武男だった。秀明は少し下の手首を取った。もう摑むところはない。せめて力を貸すために、幸男は武男の腕を、桐人は秀明の腕を握ろうとし——。

雹の音がする。近い。窓ガラスは粉々だ。直接聞こえる。

秀明が手を離した。「もう無理だ」

武男が怒る。「なんでだよ！」

「だって、脈がない！」

一瞬、なにもかもが静止した気がした。武男が指を開いた。教頭の手が、手首からかくりと垂れた。

「死んでるんだ」

死んでる。死。さっきまで一緒にいたのに。喋ってたのに。手招く形に垂れた手は、剝き出しの死だった。子どものころに捕まえたトンボの翅(はね)をちぎったことが思い出された。あのトンボも死んだ。あっけなく。人もこんなにあっけなく死ぬのか。昆虫みたいに。幸男は初めて遭遇する、身近な人間の死に激しく動揺した。吐き気がこみ上げ、両手で口を覆い、生唾を何度も飲み下して耐える。

雹は止まない。

「……助け、呼ぼう」

緑の声だった。振り向くと、泥で汚れたリュックを持った緑がいた。彼女の声はかすかに揺らいでいたが、その揺らぎを自らねじ伏せようとする意志も感じ取れた。

「どうにかしなくちゃ」

気丈であろうとする緑の姿に、幸男は多少冷静さを取り戻せた。他の男子たちを見やる。桐人がそれとわかるほど震えていたが、口元に当てていた手はおもむろに下ろされた。異常に速くうるさい元気の呼吸音が、ゆっくりと鎮(しず)まる。少し離れたところで腰を抜かしていた慎次郎も、源太郎に支えられながら立ち上がる。

「電話は埋まってる」秀明は現実を突きつけ続ける。「無線もたぶんない」

「じゃ、じゃあ、どうすりゃいいんだ」保仁が唾を飛ばす。「助け、呼べないんだったら」

「山崩れの音、祖父(じい)ちゃんたちにも聞こえてるよな」武男が鼻の穴を丸くする。「なら、助けに来てくれる。絶対」

幸男は首を縦に振った。祖父(そふ)や両親なら間違いない。兄は正しい。しかし。

「いつだよ、いつ助けに来てくれるんだ」慎次郎だった。「朝までか。朝の何時だ。いつ助けてくれるんだよ」

「田岡先生と皆川さん」元気が、この場にいない大人の名前を口にした。「なんで帰ってこないんだ？　なにがあったかは、もうわかったはずだろ」

　雹が降る音がする。崖から石が落ちてきている。

「逃げよう、外に」秀明がきっぱりと言った。「あの崖、また崩れるかもしれない。聞こえるだろ。崩れる前も、あんなふうに上から石が転がってくる音がしてた」

「外なんて駄目だ。中のほうが安全だ」保仁は言い張った。「今からふもとに下りるのか？　夜だぞ。ここのコテージだってうちの父さんの会社が造ったんだ、頑丈だ。父さんの会社はトウショウイチブジョウジョウジョ……痛っ」

　早口言葉みたいな単語は、途中で途切れた。間断なく崖から転がり落ちてくる石は、コテージの壁に当たるだけではなく、割れた窓から内部にも飛び込み、保仁の太腿に当たったのだ。

　コテージ全体がみしりと鳴った。土砂に押された壁があげる苦悶の呻きだ。

「もし、もう一度崩れたら」

　緑はその先を継がなかった。だが、それで充分だった。秀明が早口で言った。

「急げ」

「待って」源太郎の声は、こんなときでもどことなく間が抜けている。「荷物取ってくる。トランプとか持ってきてるから」

秀明は啞然としたようだが、源太郎は「一分。いや、四十秒」と言い残して、二階に駆け上がっていった。一人向かうと、なら自分もという気にもなる。結局は秀明を含めて、男子全員が荷物を取りに部屋に戻った。幸男もリュックとジャージの上を引っ摑んだ。秀明は急かした。「早く」

山崩れが起こる前、紙袋からリュックに一部おやつを移している。だが、全部じゃない。幸男は缶ジュース一本とキャラメルを一箱、リュックの上蓋の隙間から中に突っ込んだ。そのほかは、諦めるしかない。ここを出て家に帰りさえすれば、おやつくらい買ってもらえる。

全速力で一階に下りる。息を整えている暇はなかった。幸い全員が外靴だ。玄関で待っていた緑と合流し、そのまま雪崩れるようにコテージの外へ出る。

しかし、足はすぐに止まった。

土砂は行く手を阻むように、コテージの脇から駐車場まで流れていた。遊具や昼間通った砂利道など、どこにもない。それでも、土砂だけならばなんとか越えられるだろう。問題は土砂の中に倒木が何本もあることだった。なぎ倒された木が、駐車場へ抜けるのを許さないとばかりに横たわっている。それも葉が茂った木だ。どこを通れば自然公園の敷地を抜けられるのか見当がつかないほどだ。

そして、もっと厳しい現実があった。

夜の中で、なぜそんな様子が見えたのか。それは、土の大河の中に、ぽつんと光が灯っていたからだ。

皆川さんが持っていた懐中電灯だった。小さな灯が彼女を照らしているせいで、その姿が近づかなくてもわかる。下半身は土砂に埋まり、上半身だけが倒木の一本に寄り掛かるように出ている。彼女の上半身は変にねじれて、目は見開かれ、泥まみれの鼻と耳からは赤いものが出ていた。懐中電灯を持つ左手の薬指も、泥に覆われている。指輪をはめていたはずなのに。いっそ懐中電灯など壊れていてほしかった。幸男は目を逸らす。横の桐人もよそを向いた。田岡先生はいなかった。だが、もはやいないことを誰も不思議がらなかった。いや、いるのだ。土砂に隠れているだけだ。土砂に隠れているということは。

「……し、死ん」

「わあ」

誰かの呟きを、絶叫がかき消した。叫んだのは慎次郎だった。慎次郎はコテージの裏手へ向かって走り出し、すぐに躓いて転んだ。

「落ち着け、慎次郎」秀明がすぐに引き立たせた。「落ち着いて逃げるんだ」

武男がぐっと唇を噛み締めてから、光のほうへと歩き出す。手を伸ばして、懐中電灯を拾った。

「あったほうがいいだろ」

自分なら死体が持っていた懐中電灯なんて、絶対に拾いたくない。だが、兄の勇気に感嘆する暇はなかった。コテージから出て地に足をつけて、初めて気づいたことがあった。

非常に微かだが、足の裏で振動を感じるのだ。

石が転がる音はその振動に合っている。さらに、

びちっ　みしっ

最初に耳についた音も、ここにきて再度、地の底から聞こえてくる。

「とにかく、下ろう。ふもとに戻ろう」はっぱをかけたのは緑だった。「来た道、戻ろうよ。倒れた木はとにかく乗り越えていけば」

とは言うものの、アスファルトに横たわった丸太を越えるのとはわけが違う。保仁と秀明が最初の障害——通せんぼの倒木に近づくものの、乗り越えやすいところを探しながら、結局は迂回するように動いている。枝も邪魔で足元も悪い。

なにより、皆川さんの死体がある。死体はまるで、魔物のようだった。動かないのに不気味で怖い。近づいたら自分も死ぬんじゃないかと思ってしまう。

足の裏の振動は、先ほどよりも強くなっている気がする。

もう一度、山崩れが起こったら。通せんぼの木に行く手を阻まれているうちに、次の土砂が襲い掛かってきたら。

次の土砂崩れが、もっとも巨大なものだったら。

傾いたコテージが堰き止めてくれるかもしれない。

くれないかもしれない。

くれなかったら、ここにいるみんなは。

幸男の脳裏に、くたりと垂れた教頭の手が浮かんだ、そのとき。

「あっち行こう」

桐人が指さした。駐車場の方角ではなく、山の奥へ向かう遊歩道のほうを。

「なんで？」

武男と秀明が同時に問う。桐人はまくしたてた。

「また山は崩れる。土砂はすごく速い。ここで立ってる暇はない。普通に下りられないなら、違う道を行かなきゃ。急がなきゃ間に合わない」切羽詰まった声だった。「僕が言っても誰も聞かない。武男が言え。保仁でもいい。秀明でも。とにかくここにはもう、いちゃ駄目だ」

「絶対崩れるんだな？　普通に下りる道は駄目なんだな？」

何度も首を縦に振る桐人に、武男は強く頷き返した。

「みんな、こっちだ！」保仁にも声をかけた。「保仁たちも。ここは危ない」

保仁と慎次郎はすぐには動かなかった。しかし、そのほかは違った。下ろうと言った緑は特に柔軟だった。ここで意地を張るのは愚かだと、彼女の俊敏な身のこなしが語る。そんな緑に、保仁もつられたようだ。保仁がつられれば、慎次郎もくっついてくる。

懐中電灯を持つ武男が先導し、遊具があった敷地を抜けて土砂が及んでいない森の中へ辿り着く。遊歩道は見つからなかった。遊歩道の入り口からは逸れてしまったのだ。だが、桐人は構わず武男に言った。

「森の中を崖から離れながら上へ行くんだ」

「上だな。わかった。みんな、急げ。明かりを目印についてこい」

有無を言わさぬ語調の武男に、保仁も今は従う。

逃げなければ。離れなければ。

崖から。死から。

幸男は必死で兄の後ろを追った。

桐人が急勾配を進めと指示し、武男はそのとおりに登り始める。足元は暗く、木々の根が張って歩きづらい。だが、誰も止まらない。緑の手を元気と慎次郎が両側から取る。転びかけた幸男を秀明が支えた。

それは突然だった。

めりめり、びりびりと、木々が裂ける音とともに、天地を揺るがす轟音が崖の方角から聞こえた。直後、大きなものが崩壊する音も。

森の中からは、なにも見えない。見えないが、おそらくは、そこにいるみんながわかった。

コテージは、三度目の山崩れに耐えられなかった。

あのままあそこにいたら、死んでいたと。

保仁がその場に膝(ひざ)をついた。

＊＊＊

まだ夜は明けない。

保仁が座り込んでしまったのをきっかけに、幸男たちは森の中でそれぞれ足を止め、その場に腰を下ろした。疲れもあったし、大きなショックも体を動けなくしていた。ぎりぎりで土砂に巻き込まれずに済んだ安心感は、一気に勾配を上った疲労に変わって、今いる場所がどこであろうと、休まずにはいられなかった。

武男が持つ皆川さんの懐中電灯をぼんやり眺める。頭上からときおり滴が落ちてくるが、森の中のせいか、ずいぶんと小降りに思える。幸男は天を仰いだ。木々の枝葉の向こうに見える空は、重苦しい曇天ではなかった。雲はかかっているが、薄い。夜空が透けている。

雨の一番ひどいときは過ぎ去ったのだ。

緑がぶるりと身を震わせ、リュックの中を探り出す。雨合羽を取り出して羽織った。雨をしのぐというよりは、寒いから一つ上を着たのだろう。

そういえば、宮間商店からもらったキーホルダーは懐中電灯を兼ねていた。紙袋から移したリュックのポケットをまさぐり、手にする。これをつければ明るさが少し増えて、みんなも元気になる。スイッチに力を入れかけたときだった。

「桐人。おまえ、もしかしてさ」秀明が地べたに体育座りをする桐人の真ん前に、片膝を立てた。「山崩れが起こること、なんとなく気づいてたんじゃないのか？　部屋にいるときから」

みんなの視線が桐人に向いた。桐人は肩を強張らせた。

「山崩れだとはわからなかった」

「でも、なんか起こるとは思ってた。違うか？　おまえ、ちょっと様子おかしかった」

桐人の首が縦に振られた。「……悪いことが起こりそうな予感は少ししてた」

秀明は問いを重ねた。「なんで、そのとき言わなかった？」

「自信なかったし……言っても信じてもらえないと思ったから。嗤われたし」

――……蛇神様の声かも。

あの言葉を嘲笑したのは、保仁と慎次郎だ。慎次郎が声をあげた。

「だって、おかしいだろ。蛇神様なんて田舎の昔話に出てくるだけで、本当にいるはずないんだ」

下を向いた桐人の顔を、秀明は覗き込んだ。

「蛇神様の声だったら、なんで危ないと思ったんだ？」

「秀明、いいだろ」武男が助け舟を出す。「そんなこと、いまさら知ってどうなる。崩れた崖は元どおりにはならない」

「大事なことなんだ」秀明は引かなかった。「桐人、教えろ」

「……惣左衛門さんから借りた本に書いてあった」俯いたまま、桐人は話し出した。「蛇神様が怒って災いを起こしたときの話なんだけど、蛇神様は災いを起こす前に声を出した。土の中から、びりびり、みそみそ、ちぎるめる声、って」

「ちぎるめる？　みそみそって？」

「昔の言葉で、ちぎるめるはちぎれるような、みそみそはみしみしっていう擬音語だって、惣左衛門さんが教えてくれた。あのときも聞こえてた。なんか、土の中から響いてきていた」

「そうだな、みんな聞いた」

「あと、臭かった。保仁は武男がおならをしたんだって言ったけど、本には臭いのことも書かれてた。蛇神様の口は臭い、『腐りきにほひ』がするって」

「だからか」

桐人は頷いた。保仁と慎次郎はまたしても小馬鹿にしたような表情になり、元気と源太郎は顔を見合わせた。緑や武男ですらも「そうなんだ、予言の書みたいだね」なんて言わない。幸男も胸の裡でため息をついていた。

もし仮に、山崩れの前、桐人が危険をみんなに触れ回ったところで、その根拠があの和綴じ本に書かれた昔話だと知れたら、信じなかった。昔話の悪い神様なら、そんなふうに表現されていても、ちっとも不思議じゃないからだ。

古い本に書かれてあったことを、聞き慣れない音に当てはめて、慌てているんだ、ヨメゴ役をやったとき、一人で夜明かししても平気だったくせに、変なときに臆病風を吹かせるんだなと、真に受けなかった。

だから、信じてもらえないと思った桐人は、正しい。

なにかを信じてもらうには、説得力というものが必要なのだ。たとえばアメリカのＮＡＳＡが、科学的な情報をもとに判断した結果だとか。和綴じ本の、みみずがのたくったような文字ではなく、衛星が宇宙から撮影した写真が根拠だったら、きっと信じた。

桐人の言うことは、こじつけだ。古臭い伝承に予知能力なんてない——一刀両断した幸男の内心を読み取ったかのように、秀明がはっきり言った。

「他の奴らはこじつけだって言うかもしれない。でも俺は信じる」

桐人がはっと顔をあげた。秀明は一言一句はっきりと、桐人に語りかけた。

「言っていたら、先生だって、信じたかもしれない。どういうことか、わかるか」

懐中電灯が桐人の横顔を闇の中から浮かび上がらせる。容赦ない光は、桐人が顔を歪ませたのをみんなに知らしめた。

「……わかる」

幸男にもわかった。

秀明の言う〝かもしれない〟が、ほとんどあり得ないことだとしても、先生たちだって、こじつけだと笑い飛ばした可能性のほうが、はるかに高くても、言わなかった以上推測でしかないのだ。言っていたら、万が一が生まれたかもしれなかった。

皆川さんの車でいち早くふもとに避難して、誰も死ななかったかもしれなかった。

そうしたら今ごろは、こんな山の中に子どもたちだけでいることもなく――。

「桐人が先生に教えてれば良かったんだよ！」

小馬鹿にした顔つきから一転、慎次郎が立ちあがって責めた。桐人をかばうように、武男が二人の間に立った。源太郎も弟の肩に手を置く。だが、一番怒ったのは、話を振った秀明だった。湿気でしんなりとなった前髪の奥から、恐ろしい目で慎次郎を睨みつけた。気圧された慎次郎が、すごすごと腰を下ろす。

「でもさ。おまえがコテージから離れるように言ったから、俺たちはここで生きてる」秀明は桐人の腕を軽く叩いた。「普通にふもとを目指すには、土砂の中の木が邪魔過ぎた。全員があそこを乗り越える前に、きっと次の山崩れが起きてた」

「……ごめんなさい」

謝ったのは、乗り越えられるとはっぱをかけた緑だった。両腕で自分の身体を抱く緑に、秀明は笑ってみせた。

「いや、緑が言ってくれなきゃ、もっと悪かったよ。言ってくれなきゃ、乗り越えられないってこともわからないまま、コテージの下敷きだった」

そしてもう一度、桐人に向き直る。

「あの音、聞いたろ？　山崩れと、コテージがたぶん倒壊した音。おまえがあそこで危ないって言ったから、無理筋のルートを捨てられた。ここにいる誰一人、コテージの下敷きになっていないのは、おまえが声を出したからだ」

桐人が口を一文字に結び、一度洟（はな）をすすった。

「下に逃げるんじゃなくて、森の中に入るのも、本に書いてあった？」

「……書いてない。ただこっちのほうが、白鷹山に近いから」

「白鷹山に近いほうがいいのか？」

「お祭りの歌がそうなんだ」桐人がぎこちなく笑った。「おまえに言われてから、毎日歌詞の意味を考えてる。まだわからないけど、龍が吠（ほ）えたらみんなで白鷹山に向かう内容なのは確かなんだ。それを思い出した」

「じゃあ、半分俺の手柄だな」秀明は冗談めかしたあと、声音（こわね）を真面目（まじめ）なものに戻した。「それさ、俺にも教えてよ」

「いいよ。お安い御用だ」

「それとさ。さっきの話に戻るけど、これからなんか気づいたら、絶対言えよ。尻込みする前に」語りかけられているのは桐人なのに、その場のみんなが自然と秀明の声に耳を傾けていた。「俺たちは黒蛇山に取り残された。先生たちもいない。これからは俺たちだけで、いつもとは違うことをしなくちゃいけない。どうにかして下山するか、助けを呼ぶかしないといけない。そうしなきゃ、生きられない。山の中で死ぬ。俺は死ぬのなんてごめんだ。おまえは？」

桐人が、今度は少し長く洟をすすり上げた。「僕も嫌だ」

「俺も嫌だなあ」

間の抜けた声で口を挟んだのは、源太郎だった。張りつめていた空気が、やや弛緩する。

緑も呟いた。「私も帰りたい。お父さんとお母さんが待ってるもの」

「俺も」

「俺もだ」

武男と保仁が続き、顔を見合わせ、ぷいと目を背ける。慎次郎と元気も、暗がりの中で頷いた。いつの間にか雲は切れて、少し明るい星空が木々の枝の影の向こうに見えた。

幸男はなにも言わなかったが、気持ちは同じだった。教頭先生と皆川さんの死体を間近にしたときの恐怖が蘇る。

命というものは不思議だ。目には見えず、実体もないのに、失うとあんなに変わってしまう。

死体からは、近づくのすら憚（はばか）られるほどの禍々（まがまが）しさが感じられた。

命はあの醜（みにく）さを遠ざけてくれているのだ。

ただあるだけで、持つものをきれいにしている。

絶対に失いたくない。

力を入れかけたものの、押してはいなかった小さな懐中電灯のスイッチを、幸男は押した。手の中でささやかな、しかし確かな明かりが灯る。

「幸男も持ってんのか」武男が目を輝かせた。「でかした、やるな」

「谷津流組とニュータウン組は散々やり合ってきたけどさ、今思っていることはみんな同じだよな」

元気がしみじみと言うと、源太郎も隣で同調した。

「協力しようよ。みんなで家に帰るには、絶対に必要だと思うなあ」

リーダーシップはないかもしれないが、二人はさすが二年生だった。最初に協力を呼びかけた。視線をぶつけ合うリーダー格の武男と保仁には、緑が「だからそういうこと止めなよ、二人とも」とたしなめ、「これからどうするか、相談しよう」と前向きな提案をした。

「もう、変な音はしないいな」

慎次郎の言うとおり、桐人が山崩れの前兆だと気づいた音は、もう聞こえなかった。山の夜は虫のオーケストラ会場になっている。

「下りてみようぜ」保仁が斜面を振り返った。「山崩れが治まったのなら、戻っても大丈夫だ。

自然公園からふもとへ続く道に出られるなら、それが一番早い」

「無理だろ」武男が即座に異を唱えた。「あれからもう一度、でかいのが来たんだ。コテージも壊れている。俺たちが最初に駐車場へ行こうとしたときだって、木が邪魔だった。あれ以上の土砂と、倒れた木と、コテージの残骸の山になってるんじゃないのか？　だったら道なんてないも同然だ」

「あの道だって、うちの父さんの会社が整備したんだぞ」

「だから駄目だったんだ」

さっそくやり合い出した武男と保仁に、緑が再び注意する。「協力するんでしょ？　君たちのくだらない張り合いのせいでみんなが家に帰れなくなってもいいの？」

きっぱりとした緑の言に、さすがの二人も押し黙る。とはいえ、幸男は内心下りる案に賛成だった。一刻も早く山から出たかった。おそらくみんな同じ気持ちだろうとも思った。

「無理かどうかは、行ってみなければわからないだろ」慎次郎も保仁を後押しした。「最後の土砂が邪魔な木を流してくれて、むしろ歩きやすくなってるかも。コテージだって、それっぽい音がしただけで、案外大丈夫かもしれない。そうしたら、最悪ふもとに下りられなくても、コテージの中で助けを待てばいい」

それは、思い描ける中で一番理想的な展開だった。そして、可能性はゼロではないのだった。

その場の雰囲気が、もう一度自然公園へ下りる選択に傾き、保仁がまさに動き出そうとした寸前だった。

「待て。やっぱり反対だ」

秀明が止めた。保仁は怒りの形相(ぎょうそう)になった。「秀明、おまえな！」

「確かに今、あの音は聞こえない。でも、今の話だ。十分後はわからない。慎次郎が、行ってみなければわからないって言ったのと同じだ。あれで終わりかどうかだって、わからないんだ」

「おまえ、ビビってんのかよ？」

「そうかもな」慎次郎に煽(あお)られても、秀明は冷静だった。「かもしれない、を考えるなら、俺は最悪のパターンを考えたほうがいいと思う。みんなでコテージまで下りるとするだろ。コテージはやっぱり壊れていて、邪魔な木はもっといっぱいあるかもしれない。ふもとへなんてとても行けない。そこでもしまたあの音が聞こえてきたら？　もう一度この斜面を大急ぎで登らなきゃならない」

　秀明は全員を見回した。

「二度目は誰かが遅れるかもしれない。俺かもしれない。俺、さっき焦(あせ)って登って、結構疲れてる」

疲れているのは幸男もだ。おそらく他のみんなも。ここで難を逃(のが)れたとわかったとき、保仁だって膝をついた。秀明はむしろ、まだ動けるように見える。だが、この場ではっきりと「疲れている」と宣言した。それが呼び水となった。

「……僕、すごい疲れてる。遅れるのは僕だ」

　桐人が言うと、緑も続いた。「もう一度ここを登るの、私、嫌だな。太腿とふくらはぎがパンパン」

元気と源太郎は、二人して「俺たちも無理っぽい」と白状した。源太郎は「くたびれて、マジックもできないくらいだ」と付け加えた。二年の二人、特に源太郎は、この状況下でもあまり変わらない。三度目の山崩れの直後はさすがに静かだった気もするが、日ごろ空気が読めないのと同じで、事の深刻さが読み切れていないのかもと、幸男は邪推する。

　武男はなにも言わなかったが、佇まいが秀明に賛成だと語っていた。保仁と慎次郎は自分たちが少数派だと知るや、ふてくされたように口を閉ざした。

「なんで最悪のパターン考えるの？　こんなときくらい、希望を持ったほうが……」幸男は訊かずにはいられなかった。「よく言うだろ？　希望を持ち続けたからうまくいったとか、生き延びられたとか。漂流した人や遭難した人が。僕らも今、そんなことになってるよね。だったら」

「それでいいよ。幸男はうまくいくほうを考えていい。みんなもさ」秀明は即答した。「でも、みんなが同じじゃ駄目なんだ。予測が外れたときどうしようもないから。だから俺が最悪を考える係になる。それだけ」

「みんなが同じじゃ駄目……」

　緑がその部分を自分でも口に出すと、秀明は額にかかる癖毛をかきあげた。「俺たち得意だろ。いつものニュータウン組と谷津流組が揃ってる」

「ありがとう」

　唐突に礼を言ったのは桐人だった。幸男はきょとんとなったが、ややあって桐人の思いが見えた。こんなことになってしまったら、誰だって良いことを考えたい。なのに最悪を考える貧乏くじを、秀明は自ら引いてくれた。その自己犠牲への礼なのだ。

桐人の一言に、秀明も驚いたように目を見開いたが、すぐに「どうも」と笑って、正面から桐人に顔を近づけ、視線を自分へと向けさせた。

「桐人。覚えてるだけじゃ役に立たないって、前に言ったよな。それ、役立てるのって、今かもしれない。おまえの頭の中にあること全部が、ヒントになるかもしれない。初めに危ないってピンと来たのは、当たってたんだ。だから、なんかまた関係ありそうだって思ったら、必ず話してほしい。おまえがもし意味がわかんなくても、自信なくてもいい。俺も一緒に考えるから」

「昔話なんて聞いてもさあ――」

慎次郎の茶々を、秀明は自分の強い言葉でぶった斬る。

「おまえが本気で言ったことを、俺は絶対嗤わない」

＊＊＊

「さてと」緑が切り替えるように手を軽く叩く。「じゃあ、どうしようか。いつまでもここにはいられないよね」

「横になって休みたいよ」

慎次郎がぼやき、保仁は暗がりの中であたりを見回す。「ここで野宿するのか、まさか？」

「ああ、喉渇（のどかわ）いたなあ」

元気は自分のひょろりと長い喉をさすった。源太郎が「じゃあ俺がマジックで水を……なんちゃって」とおどけ、緑が微妙な顔になったとき、風のざわめきとともに、またしても雹が降るような音が、自然公園の方角から流れてきた。警戒と恐れがその場にたちまちみなぎる。

「大丈夫だ、ここは。やばいのは下だ」

武男が言うも、怯えた保仁は嚙みついた。「ならずっとここにいるのか？　ここに助けが来るのかよ、いつ！」

山崩れで帰り道を失ったときにどうすればいいかなんて、学校では教わらなかった。焦り、恐怖、苛立ち、絶望、様々な感情が渦巻いて膨張し、幸男は混乱する。

「どうした」秀明が短く問う。「桐人、言え」

そちらを見ると、桐人が確かに物言いたそうな顔をしていた。秀明に強く「言え」と促された彼は、意を決したように口を開いた。

「黒蛇山を登ろう。下れないなら」

「登ってどうするんだよ、山頂でヘルプミーって旗でも振るのか？」

保仁はとにかくなんにでも反論したい気分のようだ。そんな彼を嫌悪すると同時に、共感もする。幸男ももっと強く物言いできる立場なら、胸の裡のどうしようもない混乱を、きつい言葉で表に出していたかもしれなかった。

「黒蛇山と白鷹山は、尾根で繫がってる」桐人は八つ当たりめいた反論にめげなかった。「白鷹山を経由してふもとへ下りるんだ」

「白鷹山の道も崩れてふさがってたら？」

秀明だった。桐人の言葉を嗤わないと宣言しながら、水は差すんだなと幸男は白けるものの、すぐに秀明の役目を思い出した。最悪を考える係を引き受けた彼は、それを実践しているのだ。

桐人もわかっているのか、説明を始める。「崩れていないと思う」

「なんで？　希望的観測だろ」

「まず、白鷹山のほうからは、大きな音は聞こえていない。それと……」桐人はいったん言葉を切った。「昔話で災いを起こすのは蛇神様だけなんだ。さっきも言ったけど、昔話に書かれていた内容は、あの山崩れをほのめかしているみたいだった。もしかしたら昔もああいう災害が起こって、それをもとに物語が作られたのかも。だとしたら、白鷹山は大丈夫じゃないかな。それに」

話しながら桐人は、嗤わないと宣言した秀明を試すように見ていた。

「石碑の〝へびのふもとにゐるべからず〟、この〝へび〟が黒蛇山のことで、山崩れする山だから、ふもとにいちゃ駄目だってふうに解釈すると、石碑なんてない白鷹山はより安全だと言える。あと、お祭りの歌も。これもさっき言ったとおり、白鷹山に向かってる。最後に、谷津流で生まれた僕らは、黒蛇山には入っちゃ駄目だって言われて育った。白鷹山のほうは、お社に近づくな、お社のある禁足地には絶対に入るな、って言い含められた。少し違うんだ」

「なるほど。石碑に照らして考えると、黒蛇山はふもとも含めて全部が駄目だけど、白鷹山は大祭に使う大事な場所だけが駄目ってことか」

すぐに理解した秀明に、桐人は頷いた。「白鷹山の山道を少し行くくらいなら、大人にばれても全然怒られない。お社まで行かなかったかは、必ず確認されるけど」

武男も「祖父ちゃんや父ちゃんも、そういや黒蛇山には行かないな」と腕を組んだ。「白鷹山にはお社の様子を見にとかで、地震の次の日にも登ってた。祖父ちゃんたちは禁足地にも入れる。谷津流の誰より、白鷹山のことを知ってる。もし山崩れしそうなところを見つけてたら、間違いなく大騒ぎになってる」

「地震って本震？　その後の余震？　本震の翌日なら、まだ予兆はなかっただろうな」

「でも秀明、俺も白鷹山のほうが安全だと思うよ」

それは元気だった。元気はどことなく心苦しそうに続けた。

「山崩れが起こったのは、いっぱい木を切ったせいもある。生えすぎた木を程よく間引きするんじゃなくて、ああいうふうにやたらと伐採したら、山崩れが起きやすくなるらしい……作業員の中で危ないって噂になってるって、父さんが飲んでぼやいてた。その点、白鷹山はまだ開発が入ってない」

暗におまえの父親の会社が原因だと言われて、保仁が眉を上げた。だが怒りのマグマが噴出する前に、秀明が制した。

「喧嘩は止めよう。そんなことにエネルギーを使ってる場合じゃない。これからみんなで黒蛇山を登って、尾根を渡らなければならないんだから」

「桐人の案を採用するんだな」

武男が確認する。秀明は首を縦に振った。「黒蛇山に留まるほうが、どうやら最悪っぽいからな」

「でも、どうやって尾根に出るの？　道は？」

緑の懸念は当然だった。ゴルフ場へ続く道はあるはずだが、急斜面を無我夢中でとにかく進んだために、現在位置がはっきりしない。おまけに暗闇と木々が視界をさえぎり、目視では頂上を見つけることもできない。つまり今、九人の生徒は黒蛇山の中で迷子なのだ。

「地図とコンパス……方位磁石があれば……」

秀明の呟きはないものねだりに聞こえた。だが、

「……コンパスなら持ってる」

慎次郎がリュックのポケットをまさぐり、丸く平べったいものを取り出した。握ればすっかり隠れてしまう小さな銀色は、蓋(ふた)を開ければ間違いなく南北を教えるコンパスだった。

「トレッキングで使うかもと思ってさ」

なぜか言い訳がましい口ぶりだったが、誰もがその小さな味方を喜んだ。緑は拍手をし、二年生たちは感嘆し、秀明と桐人は笑みをこぼした。武男ですら「おまえ、気が利(き)くんだな」と感心した。慎次郎ははじめこそ得意げな表情になったものの、すぐに居心地が悪そうになって、「でも地図がないと」と口にした。

「頂上までどう行けばいいかは、僕、なんとなくわかる」

みんなの視線が桐人に集まる。

「まさか山の地図、あるのか？」

質した武男に「持っていないけど」とかぶりを振るも、桐人はこう言い切った。

「航空写真で、地形は覚えた」

コテージにあった航空写真を、桐人は興味深そうに眺めていたのだった。二つの山の全景とふもとまでが、鮮明に写っていた。しかし、見ただけで覚えられるのか——当たり前の疑問を、幸男は自分の中だけでけりをつける。桐人なら覚えられる。とにかく丸暗記だけは、誰にも負けないのだ。

秀明が軽く口笛を吹いた。

「桐人。じゃあおまえが地図だ。ここからとりあえずゴルフ場。どっちに行けばいい？」

慎次郎が桐人の手にコンパスを載せる。武男が見やすいように懐中電灯で照らす。桐人は数秒方位を確認し、夜空を見上げ、コテージの方角を振り返ってから、迷いなく森の奥の一点を指し示した。

「あっちのほうだ。ゴルフ場は広いから、多少ずれても、どこかのエリアには引っかかるはず」

「よし。おまえは俺のあとにぴったりついてこい」懐中電灯を持った武男が、指し示した方向へ一歩踏み出した。「俺が先導する。おまえは俺がどっちに進めばいいか教えろ」

「桐人の次は緑が行け」

「私が先に行っていいの？　どうして？　秀明くん」

「父さんから聞いたことがある。グループが進むとき、先導者の次からは弱い順番なんだ。緑が弱いとは思ってないけど、女の子だし、さっき足がパンパンだって言ってたろ」

「わかった」

「俺が最後を行く」

「しゃしゃり出んなよ、秀明」保仁だった。「弱い順なんだろ？　じゃあ俺が最後だ。一番強いからな」

秀明は少し保仁の顔を眺め、「駄目だ」と却下した。

「なんでだよ？」

「最悪のことを考えたからだ。一番後ろは一番危険だ。疲れて前から遅れたとき、気づかれずに置いてけぼりになる。いつの間にか、おまえがいない。これが、今俺が考えた最悪だ。だから駄目だ」

有無を言わせない迫力があった。保仁は悔しそうに黙った。秀明がしんがりになった。

「遅れそうになったら、とにかく声出せ。前後の奴らで気を配って進もう」

武男が鼓舞した。幸男のすぐ後ろで、慎次郎が「ゴルフ場まで行ったら水が飲めるかな」と呟いた。

九人は夜の森を歩き出した。

重いリュックを背負った幸男は、みんなと森の中を注意深く進んだ。ゴルフ場の少し手前から、急に歩きづらくなった。地面の質が変わったのだ。土が流れてきていた。

土の中には、芝がまじっていた。

遊歩道を行けばコテージから三十分とかからないはずのゴルフ場の端にようやく辿り着いたのは、歩き始めてずいぶん経ってからだった。

雨はすっかりあがり、雲も晴れて、半月が中天に輝いていた。

みんなのズボンはとっくに湿って、泥と葉っぱだらけだった。九人は航空写真で見たアメーバーの一つに座り込みかけた。

しかし、月明かりが教えた。

中腹のゴルフ場は、芝が欠落して場外に流れている箇所があった。そうでない部分は、緩く波打っているように見えた。

そして、一面に不気味な亀裂が走っていた。

亀裂を見つめる。先日のような余震がもしも今来たら、このゴルフ場が崩れる。今度は土砂に襲われる側ではない。土砂そのものになって流れていく。

ここは、次には落ちるかもしれない土砂の上だ。

幸男は疲れ切っていた。みんなもそうに違いなかった。

だが、のんびりできる状態ではなかった。

第七章　山中を行く

世界の終わりのようなゴルフ場を突っ切り、山側の森へ入ってしばらく進む。幸男の身体は疲弊して重かった。全身を巡る血が水銀になったみたいだった。リュックの重みもずしりと肩に食い込んだ。膝丈ほどの下草が密生していて、体力をすり減らす。

斜面がややなだらかになった。一本の朽ち木が倒れており、そのせいで月の光が差し込んで、他より少し明るい。

「ここで休もう」

最後尾の秀明だった。幸男は救われたと思った。濡れた下草にうずもれるように、その場に座り込んだ。みんなそうした。保仁と慎次郎はさらに地べたに突っ伏した。

「……こんなに一気に山登ったの、生まれて初めてだ」

「地元の元気でもそうなのかあ」源太郎が自分の脚を拳で叩く。「なら、ニュータウンの俺がバテるのも当たり前だよ。あー、脚がもげそう」

「もう一歩も歩きたくない」

慎次郎が背を丸めれば、桐人は靴と靴下を脱いで、「足の裏に水ぶくれができてる」と痛そうな報告をする。

「俺もだよ、クソ」

舌打ちとともに足の裏を触っているのは、保仁だった。幸男の足の裏も痛かったが、幸いなことに水ぶくれや血まめはできていなかった。

一度は腰を下ろした緑が、はっと立ち上がる。

「この木……」

秀明がすぐさま反応した。「これは山崩れのせいで倒れたんじゃない。もっと前に倒れた感じだ」

「木を切ったせいで山崩れが起きたのなら、自然に倒れた木があるところも怖くない？　木がなくなるのは同じでしょ？」

緑の心配も一理あった。

「最悪のことを考えたら、それは否定できない」

秀明も頷いた。そのうえで、「だとしても、休んだほうがいい」と言った。

「みんなもう疲れ切ってる。休まないと、進んでも別の事故が起こりかねない」

すぐさま同意したのは、元気と源太郎の二年生コンビだった。

「そうだな。だって本当なら今ごろは、ぐっすり寝てる時間だもんな、たぶん」

たぶんというのは、腕時計がないからだ。巻いてきているのは、保仁だけだった。

「俺、テストの前もこんなに夜更かししたことない」

「源太郎はテスト前も手品の練習してそう」

場にそぐわぬ、元気と源太郎の会話だった。幸男ですら、こんなときにのんきすぎると、内心眉をひそめた。だが一方で、二人のそんな態度が張り詰めた空気を多少ほぐしたのも事実だった。

緑も納得したようだ。脚を崩した姿勢で座り、リュックの中から出した小さなきんちゃく袋を開いた。

「はい、怪我人たち。使って」

緑は絆創膏を保仁と桐人に渡した。二人は礼を言って受け取り、さっそく足の裏に貼った。

「保仁、何時か教えてよ」

慎次郎に問われ、保仁は左手首に目を落とした。「一時過ぎだ」

「一時かあ……喉渇いた」

ゴルフ場で水が飲めるのではと期待していた慎次郎なのだった。元気が「俺もカラカラ」と軽く手を挙げた。半月の月明かりと、武男が持つ懐中電灯の明かりで浮かびあがる各人の顔を、幸男は窺う。言葉にしなくとも、誰もが喉の渇きを覚えているのは明白だった。

「……水筒、持ってきてないの？」

緑がリュックの中から水筒を取り出した。秀明と桐人も続いた。幸男は唾を飲んだ。

「トレッキングに出る前に準備しようと思ってたんだ。君たち、用意周到だな」

元気の言葉に、水筒がない面々は頷いた。水筒は黒蛇山トレッキングで持ち歩くことになっていた。だから、あるにはあるが、中身は空なのだ。むしろ、前日から準備してある緑たちのほうがイレギュラーだ。

「僕は、夜中に水が飲みたくなるかも、と思って入れておいたんだ」

桐人が言い、緑と秀明が頷いた。二人も同じ理由のようだ。どっちにしろ、用意がいいことには変わりない。自分もそうすればよかったと臍(ほぞ)を噛(か)んだところで、幸男は自分のリュックが妖怪のように重い理由に思い至った。

静香の店からもらったジュースだ。紙袋からリュックへ移しておいた戦利品の中に、缶ジュースがある。逃げる直前にも一本ねじ込んだから、全部で三本だ。

「俺はジュース持ってるぞ」

武男が口を切った。兄も自分と同じことをしたのだ。

「なんで持ってんだよ、ジュースなんて」

目くじらを立てた保仁に、慎次郎は鋭い一面を見せた。

「紙袋に隠してたやつだろ。幸男と桐人も持ってた」慎次郎の視線がこちらに突き刺さる。「抜け駆けして持ち込んだくせに、谷津流の奴らだけ飲むのはずるいぞ。保仁や俺たちにもよこせよ。みんな喉渇いてんだぞ」

保仁と慎次郎は、ジュースを出せ出せと騒ぎ出す。元気と源太郎は顔を見合わせ「俺たち、あの袋は置いてきちゃったなあ」と肩を落とした。そこを慎次郎が「兄さん、馬鹿かよ。トランプは持って来てるのに、本当ズレてんな」と噛みついた。

「ジュースなら私も持ってるから」緑はこちらもぬかりなかった。「喧嘩(けんか)しないでよ。ええとね……」

「緑、おまえニュータウン側なのに、なんで持ってるんだよ？」

投げつけられた保仁の問いを、緑はあっさりと受け止める。「私もお店にお呼ばれしたもの」そうして緑は、細長いオレンジジュースの缶を一本、リュックの底から引き出した。「ほらあった。粒入りだよ」

果肉が入ったタイプのジュースだ。ずるいとねちねち言われるくらいなら、缶ジュースの一本くらい安いものだと思ったのか、緑はそれを気前よく保仁に渡そうとした。「慎次郎くんと二人で飲んで」

「待て」

秀明が制した。当然保仁と慎次郎が「なんだよ」と怒ったものの、それを無視して桐人に問う。

「ここから白鷹山にどれくらいで行けそうだ？」

桐人は少し考えた。「……二つの山の標高は約六百メートルだって聞いている。ものすごく高くはない。ゴルフ場の上まで来ているし、半日くらいで頂上には出られると思う。そこから尾根伝(づた)いに歩いて……夕方にはきっと」

「登山道は？」

「ない。入っちゃいけない山だから。開発会社がトレッキングの遊歩道を作ってたみたいだけど、それだけだと思う」

「遊歩道は頂上まで作られているのか？」

それに答えたのは慎次郎だった。「頂上まであったら、それはもう登山道だろ。コテージにあったパンフレットでは、ゴルフ場までだった」

「そうだな。てことは、このまま道のないところを登るしかない。時間はもっとかかる。二倍の丸一日は見ておいたほうがいい」秀明が思い切った提案をした。「だったら、食べ物と飲み物はみんなまとめて、分け合わないか」

お預けを食らった保仁が吐き捨てた。「おまえは水筒があるからいいだろ。これは緑がくれたんだ」

「俺も独り占めしない。だから、みんなも出し合おう。夜が明けたら家に帰れるって決まってるなら、俺だってこんなこと言わないよ。でもどうやら、それは期待できない。みんなが家に帰るためには、大事なものは共有して平等に分配したほうがいい」

不服を隠さない保仁の目の前で、緑が缶ジュースを引っ込めた。

「そうね。秀明くんが正しい」そうして、率先してリュックの中からおやつの袋ともう一本のジュースを取り出して、秀明に渡した。「保仁くん。君がどれだけおやつを持ってきているか知らないけれど、それだけでやっていけるの？　みんなと協力し合わないってことは、みんなにも助けてもらえないってことだよ？　いくらたくさんおやつを抱えていても、飲み物は？　私からもらおうとしたくらいだから、ないんでしょ？」

「そうだな」武男が続いた。「俺のおやつとジュースはこれだけだ。調べてもいい」

保仁と慎次郎を除いた全員が、手持ちの食料と飲料をさらす。武男が最後通告をした。「協力し合わないなら、別れて行動したっていいぞ」

保仁が動く前に、慎次郎がおやつを出した。「……五百円分持って来てたんだ」

幸男は最後の一人、保仁を見た。みんなも見ていた。保仁はちっと舌を打ってから、それでも応じた。

「ほらよ。俺は六百円分だ。飲み物はない」

「ありがとう、保仁くん、慎次郎くん」

緑がにっこりと礼を言った。保仁と慎次郎はきまり悪そうになった。

缶ジュースが十本。水の入った水筒は三つ。おやつは各人の好みが表れていて、甘いチョコレートやしょっぱい柿の種など、種類は豊富だった。

「これが最初の栄養補給だし、みんな疲れているから」

緑がちょっぴり贅沢をしようと言った。最悪を考える役目の秀明も、駄目とは言わなかった。

「緑ちゃん。水筒の蓋を貸してよ」

缶に男子が口をつける前に、元気が緑の水筒の蓋に中身を注いだ。緑は目を細めた。「ありがとうございます」

粒入りのオレンジジュースとコーラを一缶ずつ、チョコレートやビスケットなどを腹に入れると、ようやくひとごこちがついた。

みんなのおやつと飲み物は、二年の元気と源太郎が管理することとなった。その分持てなくなった彼らの荷物は、一年生の男子が受け持つ。

「幸男、それ」秀明が幸男の小さな懐中電灯を指さしていた。「切っておこう。電池がもったいない。武男の懐中電灯が切れたら、そいつが頼りだ」

秀明はとことん先を見ていた。幸男は言うとおりにした。

それから、下草の柔らかいところを探して横になった。それほど寒くはなかった。長袖に雨合羽で充分だった。それでも、武男や秀明、元気や源太郎は、緑に上着を貸そうかと声をかけていた。朝方寒くなったとき、男子は背中をくっつけ合えるけれど、緑は嫌だろうからと。緑は礼を言って、秀明から替えの長袖ジャージを借りた。

「良かった、厚着ができて。蚊に刺されたくないの」

「そういや、山の中だもんな。藪蚊がいそうだ」

緑に一番近い位置の源太郎が、両手で宙を叩いた。一匹の藪蚊がそれで退治できたかどうかは、わからない。そんな中、

「おしっこしてくるよ。武男、懐中電灯貸して」

桐人が自然現象を訴えたので、ふいを突かれて幸男は笑ってしまった。武男や元気も苦笑していた。秀明は「じゃあ俺も」と一緒になって茂みの奥に消えた。二人が帰ってくると、懐中電灯を受け取って武男、二年生の二人も行った。幸男は尿意がなかったので、動かなかった。保仁は静かだった。慎次郎が脚をもぞもぞさせた。

秀明と桐人は、低めた声で話をしていた。祭りの歌を教えているようだった。

武男が「じゃあ、寝るぞ」と懐中電灯のスイッチを切った。

とたん、

「うわっ」

驚愕の声がそこここで上がった。幸男も短く叫んだ。たった一つの明かりが消えた山の森は、闇という名の無だった。あまりに真っ暗で、すべてが失われた世界に一人ぼっちで取り残されたみたいだった。

「明かりつけろよ」

「電池がなくなる」

保仁と武男が言い合う。兄は明かりをつけてはくれなさそうだった。あまたの虫の声が響く。自分の身体の下に、毒を持った虫が潜んでいないか、急に心配になってくる。

と、

ヒィー　ヒーッ

奇妙な笛のような、獣の悲鳴のような音が闇を裂いた。

「なに？」

誰もが身構え、身体を強張らせた。

「動物か？」

さすがに武男が懐中電灯をつけ、光をあちこちに動かした。山の中だ。動物はいるだろう。でも、やみくもに懐中電灯を振り回したところで、見つかるわけがない。保仁と慎次郎はすっかり縮み上がってしまった。

「交替で番兵したほうがいいんじゃないのか、なあ」

声を震わせながら提案した保仁に、桐人が言った。

「あれは、鵺の声だよ」

「鵺？」

「鳥の一種。夜にあんな声で鳴くんだ。谷津流の昔話にも出てくる。鳥類図鑑に出てくる名前だと、トラツグミ。ここを登ってくる最中も鳴いていたよ」

そうだったのか。前に進むのに必死で、幸男は気づいていなかった。言われてみれば、鳴き声自体も聞き覚えがあった。同じ音が山から下りてくるのを、微かに耳にした夜があった。

「……鳥ならいいけどさ」

慎次郎のぼやきの先がわかる。山にいるのは無害な鳥だけではない。もしも野獣が迫ってきたら。夜は想像力をたくましくさせる。あたりが見えない分、心の中で作ったものが大きくなる。

こんな無防備なところを、襲われたらひとたまりもない。それが獣であろうと、幽霊であろうと。見えない闇の向こうから、一秒後にそれが飛び出してこないとは、誰も保証してくれないのだ。恐れは幸男だけが抱いているのではなかった。武男が懐中電灯を消しても、しばらくはあちこちで身じろぎの音がした。眠るためには目を閉じなければならない。闇を見ないようにした先でも、闇が待ち構えている。

幸男は生まれて初めて、朝の光を恋しく思った。

＊＊＊

誰かが大きなくしゃみをした。それで幸男は目覚めた。あんなに怖かったのに、いつの間にか眠っていたのだ。それだけ疲れていた。

夏の夜は明けていた。朝日が木々の間を縫ってみんなを照らしている。真夏とはいえ山の中だ。ひどく寒くはないが、涼しいと言っていい。下草には露が光る。幸男はきらきらした滴を指先ですくい、舐めた。

もう一度、くしゃみが響いた。

「大丈夫？」

「ごめんなさい、大丈夫です。草の匂いのせいかな」

武男顔負けの盛大なくしゃみをしていたのは、緑だった。後ろで一つに束ねた髪を整えながら、声をかけた源太郎に照れたように笑ってみせ、幸男と目が合うと、細い小鼻を軽く手で押さえた。

「鼻がむずむずしちゃって……私のせいで、みんな、起きちゃった？」

「もう朝だし」保仁がすかさず時計を確認した。「じきに六時になる」

「ラ、ラジオ体操する？」

源太郎の軽口は、相変わらずの空回りである。元気ですらなにごともなかったかのように、両腕を突きあげて伸びをするきりだ。慎次郎が、これ見よがしのため息をついた。

いつもはふわふわのくせ毛をぐちゃぐちゃにし、さらには松葉も絡ませた秀明は、体のあちこちを掻きむしっている。緑が借りたジャージを返しに彼に近づき、驚きの声を出した。

「秀明くん、すごく刺されたね」

「昔から刺されやすいんだ。寝てる間に袖がめくれたんだな」

秀明の腕や脛には、蚊に食われた赤い斑点がびっしりとあった。

「うわ、気持ちわりぃ」

鼻の付け根に皺を寄せた慎次郎に、秀明は己の腕をより見せつけることで対抗する。戦況は秀明が有利だった。他にも秀明ほどではないが、蚊の餌食になった子どももはいた。桐人は首の付け根を掻きながら、秀明の惨状を数え出す。

「右腕だけで十九箇所やられてる」

「北海道のお祖父ちゃんちに行ったときは、片足で三十箇所以上食われた。おまえが首の一箇所だけなのは、隣で俺が全部引き受けてやったおかげだ、感謝しろ」

「痒そう」

「当たり前だろ。でも、顔面が無事で良かったぜ。不思議といつも顔だけは刺されない」

アイドル然とした派手な顔で、秀明はにやりと笑った。

「顔って言ったら、顔も洗えないんだな」

「おまえは大した顔じゃないだろ」

慎次郎のぼやきに手ひどい言葉を浴びせたのは、保仁だ。幸男には保仁が、落ち着きを欠いているように見えた。なぜだろう。

「朝ご飯を食べたら、出発しようぜ」

武男が行動を促した。朝ご飯とは言っても、食べるものはおやつしかない。保仁はあまり食欲がないようだ。緑も「クッキーがいいな」と言いつつ、なぜかあたりを見回す。

あてがわれたのは、秀明が持っていた肥後守で切った羊羹と、うまい棒一本、レモン味の酸っぱいキャンディー一粒だった。羊羹はさすがに不評を買った。持ち込んだ張本人の桐人がすまなそうにする。

「僕、羊羹が好きで……静香の店でもらっちゃったんだ」

「こんなの、いよいよ食べるものがなくなったときでいいだろ。食料余るかもしれないんだし」

確かに慎次郎の言うとおり、羊羹を温存したまま家に帰れるなら、それが一番だった。幸男だって羊羹よりはチョコレートがいい。だが、この最初の朝にあえて羊羹を切った理由を、秀明は明らかにした。

「食料は捨てられない。持ち歩くんだ。カロリーが同じくらいなら、重いものから食べたほうがいい」

荷物を軽くする意味合いがあったのだと、幸男はそれでわかった。

食べてみれば、少量で腹が膨れた感じになったのも良かった。べたべたした手を洗えないのは我慢だ。幸男は出発前に小用を足したいと思った。目隠しになる樹木や茂みは、幸いにもそこら中にあるし、自然の中での放尿には慣れていた。幼少時から原っぱで遊んでいる最中におしっこがしたくなっても、いちいち家に戻る子などいなかったのだ。

出発までには少し間がありそうな今のうちに行っておこうと、幸男は立ち上がって、ふと気づく。

これからしようとしていることに慣れているのは、谷津流の男子だ。

ニュータウン組の子は？　緑は？

状況を受け止め、割り切っていそうな秀明や、マイペースな源太郎は昨夜済ませていたが、そのほかは？

保仁は落ち着かない様子だった。緑も珍しくきょろきょろしていた。

もしかして——緑に視線をやる。綺麗できりっとした子だけれど、緑だって人間なのだ。食べたらトイレに行きたくなる。

どうしよう。どうしたら。

幸男はおろおろとなった。小学校二年生のとき、教室で漏らしてしまった子は、しばらくからかわれていた。今はみんな中学生だ。どれほどのダメージになるか。もしも自分だったら。女子だけの中、自分だけが男子で、トイレのないところでトイレに行きたくなったら。女子たちに切り出すだけでも勇気が——。

そのとき、なにかを決意したように、緑の横顔が引き締まった。

「私、トイレに行きたい」

男子たちの視線が照射されても、緑はひるまなかった。

「桐人くん、ここからどっちへ進むか教えて。逆側でするから」

桐人が素直に少し南寄りの山側を指で示すと、緑はティッシュを持って立ち上がった。

「ちょっと時間をもらうけれど、様子見に来ないでよね。あと、みんなで喋っていてくれたら嬉しい」

音が聞こえたら嫌だからと、緑は理由もちゃんと言った。

「お、おう」

きっぱりとした物言いに、武男ですら気圧されている。秀明がリュックから銀色の小さなものを取り出し、緑に渡した。

「これ、ホイッスル？」

「山に入るときは持っていけって、父さんが貸してくれた。俺たち近寄らないし、あっち向いてるし、ずっと喋ってる。もしなにかあってどうしても来てほしいときだけ、これを吹け」

「トイレの花子さんに遭遇するとか、ね」緑はホイッスルを受け取った。「ありがとう」

緑は背筋をぴっと伸ばしてゴルフ場側、進行方向とは逆側、もう戻らない方向へと下っていった。

「あ、ええと、手品しようか」

源太郎が素っ頓狂な声を出した。

「ここでか？」

「兄さん、状況考えろよ」

それに応じる元気や慎次郎の声もいつもより大きかった。

「俺もしてくる」武男がもっとすごいことを言った。「でかいほうだ」

保仁が驚いたように武男を見た。武男はその目を見返した。「なんだよ、俺はいつも朝にするんだ」

「うんこかよ、うんこかよ」

慎次郎が武男をからかう。武男は構わず緑が行った方とは違う茂みの奥に消えた。秀明が言った。

「俺も歩いていたらしたくなると思う。トイレに行きたくなったら、遠慮なく声をかけ合おう」

「そうだなあ。下手に我慢したら、お腹痛くなる」

元気も同意する。桐人もうんうんと頷いた。すると、からかった慎次郎も「実は寝る前からちょっとしたかった」と放尿しに行った。

緑に頼まれたとおり、男子たちはことさらに大きな声で会話をした。内容は毎日何時ごろに排便をしたくなるかという、実にくだらないものだったが、それぞれが声を途切れさせないよう気を配っているのが、とてもよくわかった。幸男もあまり言いたくなかったが、「自分も兄と同じく朝だが、旅行に行くと出なくなる」という体質を告白した。修学旅行のときも出なかったのだ。今ももよおさない。保仁だけが喋らず、下腹に手を当てて、思い詰めた顔をしていた。

そのうちに話題は、別れ別れになってしまった家族のことになった。みんな口々に、大人たちの今を想像で話した。

「父さんや母さんは、どうしているかな」

「助けに来ているよ、きっと」

「救助活動ってどんなことをするんだろう？」

「まず道を開けようとするはずだ。重機で土砂を除けるんだ」

武男よりも早く、緑が帰ってきた。

「おまたせ」

女の子だ。内心はきっと恥ずかしさもあるだろう。でも緑は堂々と胸を張っている。

目が合ったので、幸男はそろそろと緑に近づき、「からかわれるの、怖くなかった？」と尋ねた。以前、保仁の家にお邪魔したとき、洋式トイレが使えなかった桐人は散々馬鹿にされた。トイレにまつわるエピソードは、なぜかそういうことに結びつきやすい。

「だって、いつかはしなきゃいけないもの。それにね、もしもこのあと、私が山の中でトイレをしたことをあれこれ言う男子がいたら」緑はリュックのポケットを軽く叩いた。「ソーイングセット持ってきているの。それでね、そいつのお尻の穴を縫ってやるわ。ふーんそう、あんたはトイレに行かないんだ、ってね」

幸男が大笑いしてしまったので、他の子たちからは怪訝な顔で見られた。でも、可笑しかった。緑がこんなことを言う子だなんて、知らなかった。

グラウンドに集合した昨日の朝が思い出された。静香の欠席で仲良しがいなくなったと知ってなお、別れの手紙を携えて参加した強さが、彼女にはあるのだ。

「僕、絶対君をからかわないよ。怖いから」

「幸男くんは賢明だね」

　武男も用を済ませて戻ってきた。「穴掘って埋めてやったぜ」と変なことを自慢げに報告し、先導役の桐人とともに先頭に立つ。その後ろに緑と幸男が続いた。幸男の後方でリュックのベルトをしっかりと握った慎次郎が言った。

「なあなあ、もう一度コテージがあったところに下りたほうがいいんじゃないか？　山崩れはもう治まっただろ？」

「治まったかどうかはわからない」最悪を考えるのを、秀明は忘れていなかった。「それに、土砂は下に流れる。撤去されればふもとに下りられるけれど、あれだけ崩れたんだ、どんなに大人が頑張(がんば)っても、一日二日では終わらない。土砂崩れで道が何日も通行止めになったっていうニュース、聞くだろ。なにより、結局やっぱりまた登って白鷹山ルートで避難しなきゃいけなくなったら」

　秀明は少し間をおいて、決定的な一言を告げた。

「水と食べ物がもたない」

　一瞬、みんなが静まり返った。

「とにかく、進めばいいだけ」だが、緑はすぐに前を向いた。「保仁くん、桐人くん、足の裏は平気？　歩けるよね？」

　桐人が右手でVサインを作って、それに答えた。「平気。歩ける」

「保仁、行くぞ」

武男に促され、保仁はしんがりを守る秀明の前にのろのろと移動する。

「大丈夫か？」秀明が声をかけた。「少し顔色悪い」

なんでもないと保仁は怒鳴った。

「川べりに出たら水が汲めるんじゃないか？」

「魚も釣れたら、ご飯になる」

元気と源太郎は山中での物資調達に前向きだ。

＊＊＊

歩き始めてしばらく経ったころ、起きがけは晴れていた空に、雲がかかった。暑くもなく、寒くもない、行軍にはちょうどいい気温だった。日差しのかわりに、セミの鳴き声が絶え間なく降りしきる。すぐ後ろの慎次郎の息遣いをかき消すほどに。

航空写真を見て山の地形を覚えたという桐人の言葉に嘘はないようで、歩調はゆっくりであるものの、迷って止まることはなかった。止まるときは、武男の指示だった。最短距離を進もうとする桐人に対し、武男は多少迂回しても歩きやすい場所を選んでいるようだ。幸男は兄の判断にほっとした。明るい分、昨夜よりははるかにマシとはいえ、道のない山中の行軍、しかも登りは難儀だった。膝丈以上の藪の海を、漕いで進まなければならないところでは、葉っぱの角が手の皮膚を切った。

もう一つ行軍が止まるのは、誰かが「トイレに行きたい」と欲求を訴えたときだった。それはちょうどいい休憩にもなった。休んでいる間、幸男はもよおさない自分のお腹を撫でつつ、この異常事態はいつ終わるのか、そしていつ家に帰れるのだろうかと考えた。

なんでこんなことになったんだろう。

昨夜、すべてが一変した直後の光景が、幸男のまならうらに像を結んだ。土砂、動かない教頭先生の手、皆川さんの体、血——。

慌てて頭を振り、蘇ったものを払い落とす。そういったことは思い出してはいけないと、本能が言っていた。今はただ、ひたすら歩くのだ。この黒蛇山を越えて、尾根伝いに白鷹山へ行って、そこからふもとへ下りることだけがすべてだ。

茂みから元気がさっぱりした顔で戻ってきた。「獣道みたいなのがあったよ。キツネかタヌキかな。イノシシかも」

「イノシシだって？」慎次郎が悲鳴じみた声を出した。「牙があるだろ、危ない。危険動物だ」

「うちの畑にも下りてくることがあるけど、そうそう襲ってこない。父ちゃんや祖父ちゃんが追っ払ってる」

武男がそう言ったのは、安心させようとしたためか。秀明は桐人に訊いた。「蛇と鷹もいる？」

「もちろん。蛇はマムシにアオダイショウ、シマヘビ、カラスヘビ、ヒバカリ。鷹はハイタカ、オオタカ、ノスリがいる。トビも」

「ツキノワグマは？」

「クマは……」

桐人が答える前に、慎次郎がまたパニックを起こしかける。「クマがいるのか？」

「おい、行くぞ。桐人、来い」武男が号令をかけた。「あと少し行って、休めるような場所があったら、そこで休もう。保仁、今何時だ？」

問いへの答えはなかった。そのかわり、秀明の鋭い声が続いた。

「保仁、大丈夫か？」

「なっ、なにがだよ」

「やっぱり顔色が悪い。汗もかいてる。今日はそんなに暑くないのに」

幸男は振り向いた。慎次郎らもみんなが保仁と秀明を見ていた。慎次郎の肩越しにとらえられた保仁の顔は、確かにいつもよりも白く、脂汗のせいなのか、変にてかてかしていた。

「……ちょっと腹が痛いんだよ」

緊張が走った。こんな山の中で病人が出るなんて。最悪の二文字が、幸男の頭の中で明滅する。

「休もう」

少し木々がまばらで、適度に明るく、斜面も緩やかな場所があった。そこで九人は腰を下ろす。クヌギの木の根元に、保仁を寄り掛からせた。しかし、しばらく休んでも保仁の顔色は悪くなるばかりだった。緑がそばに寄って訊いた。「お腹のどこが痛いの？　いつから痛い？　どんなふうに？　ちょっとごめんね」緑の白い手が、保仁の額に当てられる。「熱は……ないと思うけれど」

慣れた様子だ。頼もしさを感じるほどに。なぜ緑はこう立ちまわれるのか。幸男はニュータウンへ遊びに行ったときに聞いた彼女自身の言葉を思い出す。

――私のお母さんは看護婦なの。駅前のクリニックで働いているわ。

きっと、言葉で教えられたのではない。緑自身が体調を崩したとき、母親からこんなふうにされているのだ。

「いいよ、俺を置いていけよ。俺はもうここでいい。ここで助けが来るのを待つ」保仁は体を丸めて横を向いてしまった。「早く行けったら！　一人にしてくれ！」

「そんなことできるわけないでしょ！」一喝し、緑は粘り強く質問を繰り返す。「いつから痛いの？」

「食中毒か？」

武男の診たては緑に否定された。「私たち、昨日の昼から同じものを食べてるわ」

「じゃあ、盲腸かな」秀明が険しい表情になった。「十歳のときになった。すごく痛かった。熱も出たし」

「盲腸だったら病院に行かないと」

桐人が眉をひそめた。幸男も知らず似たような顔つきになった。でも、病院どころか救急車も呼べない。電話で大人の助言を仰ぐことすらできない。土砂からやっとのことで逃れてここまで来たのに、なにもこんなところで病気にならなくても――幸男ははっとなった。リュックの隙間に詰めてきたじゃないか、正露丸を！

すぐさまリュックを下ろし、蓋の紐をほどく。「僕、薬」

「あ。もしかしてさ」幸男の言葉が終わらぬうちに、源太郎が悠々と指摘した。「トイレ行きたいんだろ」

緑が口に右手を当てた。男子たちは一様にぽかんとなった。保仁がいっそう怒った。「うるさい！　黙れったら！」

むきになるのは「そうだ」と白状しているみたいなものだが、保仁は必死の形相でうるさいだのあっちへ行けだのわめき散らす。緊張した空気がほどける中、源太郎は無情にも追い打ちをかけた。

「うちの母さんもさ、便秘の薬飲んで効きすぎたとき、こんなふうに顔青くしてるよ。なあ慎次郎、すごくトイレ行きたいときの母さん、こんな感じだよなあ？」

慎次郎は保仁の腰ぎんちゃくらしく、顔を逸らして返答を避けた。

「そうなのか？　保仁」武男がしゃがんで青白い顔を覗き込んだ。「だったらしてこいよ。なんで具合悪くなるまで我慢するんだ」

「緑だってちゃんとしたのにな」

「私を引き合いに出さないでよ、秀明くん」

「……だろ」

「うん？　なんだよ、ちゃんと言えよ保仁」保仁の肩を軽く揺すって、武男が促す。「理由があるのか？」

「……ないだろ」

「ない？」

「椅子がないだろ！」

怒鳴ったものの、保仁はすぐさま腹を抱えて身をよじる。貧乏ゆすりをするように、足を小刻みに動かすわけは、なんとか痛みと便意をやり過ごそうとしているのか。

「椅子って……そりゃ山の中だし、あるわけないな」

元気が腕組みをすると、慎次郎が相も変わらず「俺のマジックで椅子を……」と、ジャージのズボンからハンカチを取り出そうとする。「なんで椅子がいるんだ？」と武男が首をひねったところで、桐人が「わかった」と相好を崩した。

「洋式トイレは座ってするからだろ。僕はそっちがわからなかったから、保仁の家でまごついた」

「でも、学校のトイレは和式でしょ？」

訝しがる緑に、秀明が解説する。「男子は個室だけじゃないから」

「まあ、あんまり学校で、でかいほうはしないけどな」武男も笑顔になった。「一度もやったことないのか？」

言いにくそうではあったが、保仁もいよいよ切羽詰まってきたのか、早口で答えた。「ないよ、うちはずっと洋式なんだ。アメリカ人と同じなんだよ。谷津流の小学校にいたころは、どうしてもしたくなったら早退してたよ！」

「その茂みでやって来いよ。家に帰るまで我慢できるわけない。漏らすよりましだろ？」武男は堂々と保仁の前で和式便所にしゃがむ姿勢を取ってみせた。「こんな感じでやるんだ。あ、少し地面に穴掘っておいたほうがいいな。そこらへんの木の枝でさ。じゃないと、靴につくかもしれない」

「俺、掘ってきてやる」

慎次郎が気を利かせた。緑はそっと男子たちから離れた。これも、彼女なりの気遣いだろう。

「……くそっ」

「なに言ってんだよ、保仁。それをこれからおまえがするんだろ」

「黙れ、秀明」

「アメリカ人もきっと、山の中でトイレに行きたくなることがあるよな」桐人が答えを探すように空を仰いだ。「やっぱり椅子がないって困るのか？」

「そんなことないだろ」いったん否定してから、秀明はひらめいた表情になった。「もしかして、外で用を足すときは、世界中みんな和式スタイルだったりして。だってそのほうが自然じゃないか、空気椅子でやるより」

「それってすごいな」桐人が顔を輝かせる。「自然の中でトイレするときは、人類みんな同じ恰好なんて」

「ハリウッド俳優も日本の俺たちも、そこだけは同じなのかあ」

元気がしみじみと言った。下の話題なのに感慨にふけるような口調がそぐわなくて、幸男はつい噴き出した。それは他の男子も同じだった。ちょっと振り向くと、背後では緑ですら肩を震(ふる)わせていた。

保仁も少し笑った。「……ハリウッド俳優もか」

慎次郎が帰ってきた。

「穴掘ったよ」

「行って来いよ、すっきりするから」

武男が差し出したティッシュを、保仁は受け取り、前かがみの姿勢にもかかわらず猛烈な勢いで茂みをかき分けていった。その姿を、みんなは笑って見送った。嘲笑(あざわら)ったのではない。その場に満ちていたのは、馬鹿にする空気ではなくて、安堵の空気だった。保仁が病気ではなかったこと、用を済ませたらじきに具合も良くなるだろうことに、本気でほっとしていた。

やがて、少し顔色を良くした保仁が戻ってきた。武男が「すっきりしたろ」とレモン味のキャンディーにキャラメルを一粒ずつ手渡した。待っている間に、みんなが休憩で口にしたものだ。

「ああ、すっきりしたよ。すごいすっきりした」保仁はすっかり開き直った顔だ。「やせ我慢してたのが馬鹿みたいだ」それから、ふと桐人のほうを見た。

「悪かったな」

みんなにもちゃんと聞こえたその一言に続きはなく、保仁はキャンディーを口にして酸味に口をすぼめた。謝(あやま)られた桐人はピンとこなかったのか、鳩(はと)が豆鉄砲を食らったような顔をした。

洋式トイレの一件でからかったことを謝ったのだと、幸男にはわかった。けれども、あえて桐人に教えようとは思わなかった。からかわれたことを引きずっていないからこそ、ピンとこなかったのだ。現に桐人は保仁の回復をごく普通に喜んでいる。謝ったから許すとか、そういう次元にはいないのだ。

桐人が変わっていて良かったと、幸男は思った。

それから、そんな桐人に一言とはいえ、ちゃんと過去の仕打ちを詫びた保仁にも、ほんのり好感を持った。用を足して帰ってきた保仁は、どことなく今までとは違って見えた。近くてとっつきやすそうになった。威張りん坊の顔の半分くらいを、腹の中のものと一緒に藪の中に置いて来たみたいだった。

おかしなことに、保仁が引き起こしたこの一件で、九人の空気感は変わったのだった。スプライトの缶を一本みんなで飲み、保仁の顔色もすっかり良くなったのを機に、それぞれ誰に言われるでもなく立ち上がった。

「行こうか」

武男の声色も今までになく明るい。それに応じる八人の声も。そして、一番大きな声を出したのは、保仁だった。

＊＊＊

歩き出して間もなく、僥倖が訪れた。午前十時半過ぎだった。なぜ正確な時刻がわかったのかというと、唯一腕時計を巻いてきていた保仁が、行軍中こまめに時刻を教えてくれるようになったからだ。

ともあれ、保仁が十時半だと言ったとき、元気が再びトイレに行きたいと訴えた。こちらは体調が悪いのではなく、小と大の欲求が別々に来ただけだった。休憩しながら待っていると、戻ってきた元気が思わぬことを口にした。

「藪の向こうに、また道みたいなのがあったんだけど」

「獣道？」

尋ねた源太郎に、元気は「かもしれないけれど」と前置きして言った。

「もしかしたら、人がつけた道かも。上に向かっているみたいだった」

当然、騒然となった。秀明の声が桐人に向かって飛ぶ。「登山道はないんだよな？」

「ないはずだよ。だって、入っちゃいけないんだから。谷津流の人は、誰も登らない」

「開発会社の人が作ったのかな。保仁、なにか聞いてる？」

慎次郎の問いに、保仁は否定を返した。「聞いてない。父さんの会社や伯父さんは、ゴルフ場の上をどうこうするより、白鷹山のほうに手をつけたがってたと思う」

「じゃあ、なんの跡？」

緑は明らかにクマを警戒している表情だ。幸男だって山崩れと同じくらいにクマはごめんだった。しかし、次の元気の一言が、黒い獣の影を払拭した。

「営林署の人が通った跡じゃないかと思うんだ」

元気は説明した。「白鷹山と黒蛇山は谷津流の山だけど、管理しているのは国だ。国の山は、営林署ってところの職員が、定期的に見回らなきゃいけないらしいんだ。それこそ、災害が起きないようにとか、森の木に病気がはやっていないかとか、チェックするのかな？　とにかく、見回りのことも、父さんは話してた。もし営林署の人に会ったら、ご苦労さまってと決まりが、作業員にあるんだって。あれ、そういう人が見回る道なんじゃないかな」

とりあえず、全員で元気が見つけた道まで行ってみる。確かに下草が茂る中、踏みならされて土が出た細い筋が、緩やかにうねりながら森を貫き、頂上へと向かっている。慎次郎がしゃがんで目を凝らした。

「獣の足跡も、靴の跡も見えない」

「雨が降ったからな」秀明はみんなの意見を求めた。「どうする？　この道を使ってみるか？」

「でも、どこに続くかわからないよ。獣道なら、最悪クマの巣穴に行き着くかも」

最悪を考える役目を自分も担ったかのような、慎次郎の悪い予想が飛び出した。保仁や武男も頷く。幸男も内心ぞっとなった。クマと出くわしたら、せいぜい肥後守しか持っていない自分たちが勝てるわけがない。

秀明が先ほどと同じ問いを、桐人にかけた。

「桐人。山にツキノワグマはいるか？」

「惣左衛門さんからは、いるとは聞いていない」

秀明はうんうんと首を振り、こんなふうにも訊いた。「おまえが読んだ昔の本には？　昔話や伝承に、クマは出てきた？」

「出てこない。一度も読んだことがない」秀明を見返す桐人の目が、そのときはっきりと輝いた。

「そうか。おまえが言ってた、ヒントになるかもしれないって、こういうことか」

「そう。ほらな、役に立ったろ」秀明は太鼓判を押した。「クマは存在感の大きな動物だ。今、俺たちも実際に、いたら嫌だって一番に思った。もしこの辺に昔からクマが棲んでるなら、言い伝えや昔話の一つには出てくるよ。蛇や鷹が出てくるように」

言われてみれば、幸男もなるほどと思う。黒蛇山に入るなと子どもたちに教え込むにしても、「クマが出るから入るな」と言われたほうが、近寄らなかった。

元気も裏づける情報をくれた。「父さん、工事の仕事の愚痴ばっかりだけど、クマが出るとは一度も言わなかった」

「良かった、大丈夫そう。これからは、道を歩けるんだね」

緑が安堵したように胸に手を当てた。

「元気、お手柄だなあ」

源太郎がのんびりと褒めた。本当にお手柄だった。谷津流を裏切る形で開発作業員として働く彼の父親も、作業員になったからこそその情報をくれている。元気は「たまたまだよ」と照れた。

「武男のおかげもあると思う」

みんな、その一言を発した保仁を見つめた。幸男は驚いていた。しかし、一番驚いた顔をしたのは、武男だった。喉が詰まったような声で、武男は尋ねた。「なんで俺が？」

「おまえが歩きやすいところを選んで進んだからだ。営林署の人だって、なるべく歩きやすいところを通って見回りするだろう。だから、自然と道に近づいたんだと思う」

みんなの視線に、保仁はぷいと横を向いた。「まあ、偶然かもしれないけどさ」

緑が微笑む。「私も保仁くんと同意見だよ。もちろん、偶然かも、の前ね」

武男は破顔した。「サンキュー、保仁」

それから九人で、一筋の道を歩き出した。


「なあ」歩きながら後ろの慎次郎が、幸男に話しかけてきた。「谷津流では、みだりに山に入っちゃいけないいんだろ？　おまえのお祖父さん、営林署の人には怒らないのか？」

「営林署の人がときどき見回っているなんて、初耳だったよ」幸男は正直に答えた。「だから、怒っていたかどうかも知らない」

「俺はお祭りの準備のときに、役所の職員もたまに山に入ってるって、祖父ちゃんから聞いたことがあったぞ。でも、白鷹山の禁足地だけには、絶対に立ち入らせないとも言ってた」

先頭の武男がそう口を挟むと、緑と場所を入れ替わり幸男の前に来ていた桐人が、後を受けた。

「お祭りごとに使う、昔からの大事な場所だから立ち入らないでほしい、禁足地は長谷部家が責任をもって見回るからって、お願いしているそうだよ。惣左衛門さんは、本当にお社があるから、営林署の人もお目こぼししてくれているんだろうって」

「お役人も祟りが怖いんじゃないのかなあ」怖がらせるつもりか、源太郎が声を低く震わせる。

「祟りじゃあ」

「そうじゃなくて、土地の文化や信仰を尊重してくれたんだと思うな」緑はクールに自分の意見を述べた。「長谷部くんのお祖父さんたちも、それだけ真剣にお願いしたんだよ。だから谷津流の人たちにとって、鷹神様や白鷹御奉射祭り（しろたかおびしゃ）がとっても大事だとわかって、尊重したの。私が営林署の人ならそうするな」

「尊重か」後方から秀明が桐人に尋ねた。「桐人。そんなに大事なのか？　その禁足地やお社、絶対に入っちゃ駄目なのか？　国の仕事でも？」

「駄目だよ、絶対に入っちゃ駄目」

桐人は答えて、立ち止まってしまった。慎次郎がすぐに尋ねる。「どうしたんだよ？　疲れたか？」

「いや、違う。ごめん」

桐人はまた歩き出した。

なぜ駄目なのか、駄目な意味とはなんなのか。秀明に言われたことを、こんなときでも桐人は考え出しているのだろう。

幸男は土が出ている足元に目を落とした。桐人いわく、昔話の中には土砂崩れをなぞっているような表現があった。偶然じゃないとしたら、やっぱり意味はあるのかもしれない。その意味がわかれば、みんなが無事に助かる可能性も、よりいっそう大きくなる。お祭りの歌は、蛇神様の災い（わざわ）から逃げる歌なのだから。

それからもう一つ、幸男にも気になることが生まれた。

お社のある禁足地は、白鷹山の上のほう、頂上付近のはずだ。この九人の中で、ヨメゴ役をやった桐人以外は、誰も行ったことがない。つまり正確な場所を知らないのだが、尾根伝いに白鷹山に渡ってしまうと、自然と禁足地に近づいてしまわないか？　絶対に入っちゃ駄目と断言していながら、桐人はどうするつもりなのか。航空写真の情報で、迂回ルートも導き出せているのか。

無事に家に戻ったとしても、禁足地に入ったことがばれたら、きっとただでは済まない。

とはいえ、まだ黒蛇山の頂上にも至っていないのだから、今から気を揉んでもどうにもならない。幸男は歩くことに注意を戻した。とっくの昔にお腹は空いていて、喉も渇ききっていた。気温も朝よりは上昇している。

ときおり、木々のてっぺんを緩い風がぬけ、枝葉が鳴るほかは、セミばかりがうるさかった。

セミの声にまじって、微かに違う音を聞いた気がした。道は森の中をほとんど登らず、水平に突っ切るように一方向へ向かっていた。武男が一度だけ桐人に「こっちの方角でいいのか？」と訊いた。桐人は慎次郎のコンパスを見て、「登ってはいないけれど、白鷹山の方角には向かっている」と答えた。

「てことは、谷に出るんだな」

武男が前方でひとりごちた。白鷹御奉射祭りでは、射手が山道脇の祠から谷向こうの黒蛇山へ向かって矢を射る。二つの山は、谷で隔てられているのだ。

武男の独り言で、違う音の正体がわかった。水音が聞こえているのだ。聞こえていたのは幸男だけではなかった。緑が「川の音がしない?」と訊き、男子たちは口々に「する」「聞こえる」と答えた。

そして、保仁がみんなに正午を知らせて間もなく、幸男らは森の果てに着いたのだった。視界が開ける。曇り空なのに、眩しさに目がくらんだ。

「本当に川だ」

慎次郎が声を躍らせた。

森が切れた先はいくぶん急な斜面で、川はそこを下った先に流れていた。高低差は十メートル弱程度だろうか。中学校の二階の窓からグラウンドを見下ろすよりも、水面までには距離があるように幸男には思えた。飯盒炊爨をやった場所にくらべて流れは速いが、水の濁りは薄らいでいる。

川を挟んだ向こう側にも、同じく斜面と森がある。白鷹山だ。真正面からちょっとだけ頂上側に視線の先を移して目を凝らせば、祠の一つが認められた。

「河原に下りられるかな」

言いつつも、保仁はすでに斜面に足を踏み出しかけている。武男や慎次郎、二年の二人もだ。

「気をつけろ」

秀明が注意を促したが、下りずに戻って来いとは言わなかった。また、それを言っても戻って来そうになかった。気持ちはわかった。喉が渇いているのだ。まず水が飲みたい。それに河原のほうが涼しげだ。休むにはちょうどいい。

　さらに、川を渡ることさえできれば、白鷹山に行きつける。尾根伝いに行くのに頂上まで登らなくても済む。

「ここの斜面が崩れることはない？」緑が心配そうに靴先で足元の土を擦（こす）った。「下りても平気？」

「崩れる前の音がしないし、ここの足元もしっかりしているから大丈夫だとは思うけれど……」秀明はほかの心配をしていた。「また道に戻るときには、逆にこの斜面を登らなくちゃいけない。緑、登れるか？」

　緑は右腕に力こぶを作ってみせた。「それは大丈夫。私こう見えても腕力あるし、運動神経にも自信ある」

　ちょっとしたでっぱりや、木の根、草などを摑（つか）んで登れると言いたいのだ。緑はこうも付け加えた。「東京にいたときは、体操教室に通っていたの。鉄棒や平均台は今でも得意だよ」

　どうりで体育のお手本になっているわけである。

「秀明、暑いのか？」

　尋ねた桐人に、秀明が大きな目を軽く開く。「別に。なんで？」

「なんか、顔が赤いから」

「日焼けかな」

　幸男たちも慎重に斜面を下りた。河原の石は大きく、歩くのに難儀なほどだ。先に下りた保仁たちが、速い流れの際まで寄り、水面の下を覗き込んでいる。川には目が届く範囲で小さな段差が二つあり、そこを川底の岩を透かして、水が滑らかに落ちる。落ちてくる水を受け止める段差の下側には、銀の飛沫が途切れることなく散る。

「釣り竿があればなあ」

「案外深いなあ。でかいマスがいそうなのに」

元気と源太郎は本気で釣りをするつもりだったようだ。

「この水、飲めると思うか？」

保仁が武男に意見を求めた。武男の顔に現れた驚きはすぐに消え去った。武男はじっと川の水を睨んで答えた。

「わからない。でも、ちょっとだけ濁っているように、俺には見える」

「沸騰させればいいんじゃないか」慎次郎がアイディアを出した。「沸騰させれば、ばい菌は死ぬって聞いた」

「煮沸消毒なんて言葉もあるからな。でも難しい」秀明はみんなに声をかけた。「誰かマッチかライターは持ってないか」

川の流れる音とセミの鳴き声だけが響く。名乗り出るものはいなかった。

「仮に容器がどうにかなったとしても、火がないんだ。飲み物は今持っている中でなんとかするしかない」

「秀明、錐揉み式発火法で火を熾せないかな」桐人が河原に落ちていた手ごろな長さの木の枝を拾い上げた。「くぼみを作った板に、こういうのを擦りつけて回転させるやつ。昔の人がやってた。紐錐(ひもきり)式も、僕のリュックの紐を使えば……」

水が調達できればどんなにいいか。飲み水が今ここで手に入るのなら、ずいぶんと気分が楽になる。しのぎやすい日だが、真夏だ。歩けばすぐに喉が渇くが、先々のことを考え、我慢しているのだ。

「それ、やったことあるか？」

「ない。秀明は？」

「俺はある。小学校三年生のときに博物館のイベントで。すごく大変だった。あれ、やり慣れていないと無理だ。力も体力もいる。中学生になったけど、今も無理だと思う」

経験者の無理という断言が、のしかかる。座の空気が押しつぶされたように重くなった。

「無駄なことに体力は使うべきじゃない。一番確実に助かる方法は、とにかく進んで、白鷹山から戻ることだ。幸いここから見える範囲では、白鷹山の山道は崩れていない」

「この川を渡れないかな」幸男は思い切って自分が考えたショートカットの案を提示した。「川向こうは白鷹山なんだ」

「危ない」これも秀明が一刀両断した。「流れが速すぎる。段差で勢いがついているんだ。たぶん深さも膝の上まで来る。川底は滑(すべ)る。足を取られたら終わりだ。そこで死ぬ」

「紐かなにかでみんなを結んで支え合ったら……」

緑が助け舟を出してくれたものの、最悪を考える係は首を横に振る。「緑が滑ったのなら、支えられるかもな。でも保仁や武男が滑ったら？　でかい奴が滑ったらドミノ倒しになるだけだ。最悪、複数人同時に滑るかも。賛同できない」

水も食料も調達できず、近道もできない。黒煙が流れてきたかのように、空気が暗くなった。

「なんか食わないか？」武男がやけに明るい声で言った。「休憩したら、また元気が出る。そうしたら、まだ登れる。遠回りかもしれないけれど、道はちゃんとあるんだ」

気落ちしかけたみんなを鼓舞(こぶ)しようとしていることは、ひしひしと伝わってきた。

「そうだな」保仁が一番に同意した。「まずは休んで食うもの食って、飲むもの飲んで、体力を回復しよう」

「……オッケー。みんなの言うとおり」

緑ははるか遠くを見つめる目で対岸を眺め、適当な石に腰を下ろした。

その緑と向かい合わせの位置に、源太郎が座った。

源太郎はごそごそとポケットをまさぐり、トランプの箱を引っ張り出した。さすがに緑も目を見張る。こんなところでなにごとかというところか。しかし空気が読めない源太郎は、箱から中身を取り出してシャッフルし、伏せたカードを扇形に広げた。

「一枚引いて」

戸惑いながらも、緑は真ん中付近の一枚をつまんだ。

「見て。出たカードが君のカードだよ」

表を返すと、スペードの3だった。肩を竦(すく)める緑に、源太郎は「あっ、違う」と慌てふためいた。仕込みに失敗したようだ。

「こっち。こっちを引かせるつもりだった」

残りカードの中から、源太郎はハートのエースを引っ張り出す。慎次郎が聞こえよがしのため息をついた。川音、セミの声。沈黙が落ちた。

と、明るい笑い声が沈黙を破った。

「ありがとう、私、ハートのエースなんだね」緑はそのカードを胸元に引き寄せた。「嬉しい。強いカードだ」

緑の笑い声は不思議だった。みんなの周りに滞留しかけていた気落ちの黒煙を、はっきりと吹き払ったのだ。源太郎の顔にもみるみる喜色（きしょく）があふれる。そうなのだ、緑を笑わせたのは、源太郎だった。空気を読めずに、つまらない手品をやり続け、場を白けさせてきた源太郎が笑いを呼び込んだ。わざわざ持って来たのかとみんなを呆れさせたトランプを使って。

「ありがとう」

緑は繰り返した。ついでに、くしゃみまでした。それでまた、みんなが笑った。

それからみんなでおやつと飲み物を補給し、充分に休んだ。秀明は蚊に刺されたところが火照（ほて）るのか、桐人を傍ら（かたわ）に水際で腕や脛を冷やしていた。幸男は急流にあまり近づかないようにしつつ、河原を少し歩いた。

ふと、石と石の間に、見覚えのあるものが落ちていた。

一メートルほどの細長いもの。一方の先は尖（とが）り、反対側には羽根がついている。

棒状の胴体には、大きな四角と小さな四角を組み合わせた黒いしるしがある。
祖父と父が祭りのために作るものだ。
それは間違いなく、白鷹御奉射祭りで使われた矢だった。

第八章　帰還、そして

幸男は矢を持ってみんなのところに戻った。

「どうした、幸男？」

武男に問われたので、拾ったものを見せる。「これ」

「あ、祖父ちゃんと父ちゃんの矢だ」武男はすぐに気づいたばかりか、周辺にも目を走らせ、二本目を見つけた。「ここにもあったぞ」

「白鷹山の祠から射たものだね」

幸男たち兄弟が見つけた矢に、桐人も声を弾ませた。

蚊に刺された手足を、川の水につけて冷やしていた秀明は、ついでにタオルを一本濡らしたようだ。おしぼりがわりに、手や体を拭くのに使うつもりなのかもしれない。桐人の手にも濡れタオルがあった。トイレの後も手を洗えないことを思うと、自分も欲しくなり、後で二人の真似をしようと幸男は決める。

桐人は水気を含んだタオルをビニール袋に入れてリュックにしまい、矢を見つけたことをあらためて喜んだ。

「矢を拾うなんて、良いことがありそうだよ」

「おみくじで大吉を引くみたいな感じか？」

夏休み前の保仁なら、たかが田舎祭りの矢を拾っただけじゃないかと言いそうだったが、おみくじになぞらえて桐人に合わせてくれた。

「気分ももちろんだけれど、先が尖った棒だと考えると、立派に役に立ちそうじゃない？　銛がわりに魚を獲るとか……」緑が男子たちの顔を見回して、チャーミングに一笑した。「それは無理そうだけど、これから斜面を上るのに、ピッケルがわりにするとかね」

「なるほど。ある程度強度があれば、いいかもな。ここだけじゃなく、これから先にも出番があるかも」

秀明がピッケル案に賛同した。川で冷やしたにもかかわらず、まくった袖から覗く腕は、蚊に食われたそれぞれの箇所が腫れ上がって繋がり、もはや全体が真っ赤だ。

「秀明の腕、タコのウインナーを作るソーセージみたいだね」

幸男が言えば秀明は「人のことだと思って」と思いきり顔をしかめてから、矢のことに話題を戻した。

「これは、なんでできている？」

「竹だ」射手になりたがっている武男が即答しつつ、自分が拾った一本を秀明に渡した。「竹林から丈夫で良い竹を採ってきて、曲がりを直して一つ一つ作るんだ」

「竹か。まあまあだな。あれば使える。持っていこう」そこで秀明も、矢に刻まれたしるしに気づいた。「これ、なんだっけ？　見たことがあるような……？」

「白鷹御奉射祭りのしるしだ。祭事に使う矢には必ず小刀で刻む。のぼりにもあるから、秀明はそっちで見たんだろう」

　武男が答えるも、秀明は質問を終わりにしなかった。「これは長谷部家の家紋かなにかか？　それとも、谷津流を象徴するマーク？」

「違う。うちの家紋は、四角い穴が開いた丸の周りに、小さな丸が八つ囲んでるやつだ」

　武男の言葉を、幸男が補う。「谷津流のマークなんて、見たことがないよ。お祭りに使うそれがそうだと言われれば、そうなのかも」

「わざわざ刻むこのしるしは、なんだろう」秀明は桐人に矢を見せた。「おまえ、知ってる？」

　しかし、桐人の知識も幸男ら兄弟と大差がなかった。

「御奉射祭りの矢に必ずあるものだけど、それ以上のことは知らない。惣左衛門さんから借りた本のどれにも、そんなマークが書かれたページはなかった」

「長谷部のお祖父さんに訊いたことはなかったのか？」

「子どものころに一度訊いたけど、この形をつける決まりなんだって、それだけ」桐人は秀明から矢を受け取り、しげしげとしるしを見つめた。「確かになんだろうな、これ」

　そのしるしは、矢柄の真ん中に、幹の幅いっぱいを使って刻み込まれ、さらに墨で黒く色をつけられている。大きめの四角の右上に小さな四角が、濁点みたいに、あるいは数学の累乗をあらわす小さな数字のように組み合わされて、一つのしるしだ。

しるしについて幸男は、そんなものなのだと深く考えたこともなかった。初めて目にしたときからあったから、あることに疑問を持たなかったのだ。お正月がなぜおめでたいのか、意味がわからずとも「あけましておめでとうございます」と言うのと同じだ。

しかし、今さらなにが気にかかるのか、桐人は初めて見たわけでもない矢のしるしを、瞬きもせず凝視している。

矢を渡して手が空いた秀明は、ひとしきり自分の両腕を掻いてから、昼下がりの河原に立ち尽くし、考え始めた桐人の背を軽く叩いた。

「とりあえず先に進もうぜ」

二本の矢のうち、一本を緑にピッケルがわりにと渡した。緑はそれで、男子よりも早く斜面を上り、林道に立った。その身軽さは、体操を習っていたという話を裏づけるに充分だった。もう一本の矢は桐人が持っていたが、林道を歩き出してしばらくすると、杖がわりにと男子も持ち回りで使い出した。

ただ、幸男の前を歩く桐人は、矢が回ってきても杖にはせず、矢柄をひたすら見ていた。そのせいで彼はときどき細道の上に盛り上がる木の根や石に躓いた。

＊＊＊

朝から薄曇りで、気温もさほど上がらない日だったが、河原から林道に戻った頃合いから、ぼんやりした雲を通して、真夏の日差しが注ぎつつあった。幸男は朝羽織っていたジャージの上をとっくに脱いで、Tシャツで行軍していたが、そのTシャツが汗ばんだ背に張りつき、気持ち悪かった。河原で割り当てられたおやつとジュースを飲んだのに、お腹は空き、喉も渇いていた。特になにか飲みたくて仕方がなかった。おやつは次の休憩まで我慢するとしても、飲み物は我慢できそうになかった。冷たい麦茶を、今すぐ心ゆくまで飲めたらどんなにいいかと、家の冷蔵庫を懐かしく思い出した。

一度、ヘリコプターが上空を通る音がした。九人は救助だと色めき立った。林道から大声を出し、手を振り、秀明はホイッスルも吹いたが、見つけてもらえなかった。

「せめて河原にいるときに来てくれてたら」

ヘリのエンジン音が遠ざかってしまうと、保仁がぽつりと言った。見通しの良い河原ならば目立ったのに、という、今さら望んでもどうにもならない『たられば』を、無駄と責める者はなかった。元気が希望を示した。

「ああしてヘリが飛んでるってことは、山崩れはもちろん、それに俺らが巻き込まれてないってことも、もうわかってるんじゃないか。救助対策本部みたいなのもきっとできてる。コテージから脱出して、俺たちが取ったルートも突き止めてくれたら、白鷹山のほうから迎えに来てくれるかも」

「そうだね、その可能性はあるね」

緑が賛同し、みんなも頷いた。

秀明はなにも言わなかった。最悪を考える係ではあるが、むやみやたらと希望をくじく必要もないからだろう。この希望を否定したところで、行軍にはなんの益も出ないのだ。

それにしても、一歩足を踏み出すごとに、暑さがまとわりつく。頭も熱い。日差しが堪えるのは、それを遮る森が徐々に密度を薄くしているせいもあった。あれほどうっそうとしていた木々が、少しずつまばらに、種類も樹高の低いものになっているのだ。標高が高くなっているぶん、気温もふもとよりは低いだろうが、照りつける日光が勝っていた。

保仁が二時半を告げたのを機に、九人は休憩をとることとなった。

「水を多めに配ろう」

二年生二人の判断に、武男と保仁も同意した。喉の渇きに苦しんでいたのは、幸男だけではなかったのだ。缶ジュース二本が、おやつの前に等しく分配された。分け前の多い少ないで揉めないよう、ジュースや水を各人の水筒のキャップに注ぐ役目は、みんなで行った。九人が隣の子のキャップに注ぐのである。違うジュースのときは逆回りにして、注ぐ側と注がれる側を入れ替える。自分ばかり得をしようとすれば、次にやり返されるかもしれないから、みんな慎重に同じ量になるように気をつけた。この方法は、河原で知恵を出し合って決めた。おやつも、個別包装になっていないものは分けざるを得ないが、分けた当人がそれを取れないようにすることで、不満を漏らすものはいなくなったのだった。

おやつは柔らかくなってしまったチョコレートが二かけずつと、キャラメル一粒、ピーナッツ入りの柿の種一摑みほど、それとレモン味のキャンディーだった。

「柿ピーは、桐人のか？」

微妙な顔つきの慎次郎が尋ねると、桐人はすまなそうに頷いた。羊羹もそうだったが、桐人の宮間商店での収穫は、ことごとくみんなの好みとは外れていた。でも、もはやそれはからかいの材料にはならなかった。慎次郎はピーナッツを一つ一つ大事に齧りながら、こう言った。

「しょっぱいものも、食べたかったんだ」

口には出さなかったが、実は幸男も塩辛いものが食べたい気分だった。また喉が渇きそうだと思いつつも、柿の種が不思議と普段よりも美味しく感じられた。

おやつを食べ終わると、桐人の水筒の水を注ぎ合った。幸男は最後の一滴までも残さぬよう、すするようにまでして飲んだ。

「秀明、どうした？」

心配の声色に、幸男は桐人のほうを向いた。桐人の視線の先は、横の秀明の顔と秀明が手にしている水筒のキャップを行き来している。

「それ飲まないのか？」

キャップの中身の水は注がれたまま、一滴も減っていない。秀明が面倒くさそうに答えた。

「ゆっくり飲んでんだよ。それとも桐人、俺の飲みたいのか？」

飲みたいならやるよと言わんばかりの秀明を、桐人が叱った。「飲まなきゃ駄目だ」

「なんだよ。おまえ、お母さんみたいだぞ」

「だって」

桐人は秀明の右腕を、長袖ジャージの上から摑んだ。秀明が「痒いって、触るな」と飛び跳ねる。幸男は秀明だけが気温が上がっている中でも長袖のままでいることに気づいた。

「熱があるんじゃないのか」

桐人の一言に、みんなが反応した。保仁のときと同じく、緑が駆け寄る。

「触っていい？　秀明くん」

「いいって」

額に伸ばされかけた緑の手を、秀明は照れ臭そうに払い除けた。

「蚊に食われたところが腫れてるだけだ。腫れてるから熱いのは当たり前なんだよ」

「顔は食われてないんだよな？　でも、赤い。昼間からそうだった」桐人は粘った。「水を飲まないのも、具合が悪いとか、寒気がしてるからとかじゃないの」

「してないって。余計な心配すんな」秀明は見せつけるように水を一気に飲み干した。「おまえは俺たちを先導することを考えろ。この林道が営林署の人がつけた踏み跡なら、いずれは消える。見回る森の木も少なくなってるしさ。おまえは尾根から白鷹山に行って、そこから禁足地とやらを迂回して、山道に出るルートを見つけなきゃいけない。おまえしかできないんだ。俺に構って自分の本分をしっかりやれないなら、怒るぞ」

桐人は黙り、俯きがちに立ち上がってその場を離れた。トイレに行ったようだった。緑が「心配しているんだよ。秀明くんにだって、最悪を考える役目があるんだから、元気でいてもらわなきゃ」と姉の顔で諭した。秀明は答えず、腕を軽く振った。痒いのを紛らわせる仕草に見えた。

数分後、桐人が戻ってきた。リュックの中から濡らしたタオルを取り出し、手を綺麗に拭いてから、ばたばたと数回振った。

「なんで乾かすんだ？」

訝しんだ秀明を、桐人は睥睨した。「違う。冷やしてるんだ」

「ああ、振るとちょっと冷たくなるな」

「気化熱だ」桐人は秀明の右袖をまくり上げ、もはや噛み跡の凹凸もわからないほど腫れ上がった腕に、タオルを巻きつけた。「冷やしたほうがきっと楽になる」

「おまえ、さっき手を拭いてたろ、これで！　小便から帰ってきてすぐ！」

「拭いたよ。僕のタオルだ、文句言うな」

「おまえ、結構ひどいやつだな。知らなかったよ。がっかりだ」

そんな文句を言いつつも、秀明はタオルを外さなかった。ばかりか、たくし上げたジャージの袖の中にタオルの端を入れてずり落ちないようにした。左腕も自分のタオルを使って同じスタイルにすると、傍らで見ていた桐人がほっとしたように笑った。

「あと十分休んだら、出発しよう」

武男がみんなに声をかける。腕時計を持っている保仁が、軽く片手を上げて、了解の意思を示した。何人かが用を足しに行った。

幸男は木陰から林道に出て、自分たちの行く先に目を凝らした。

下方では鬱然としていた森も、今やその度合いを薄めた。そのぶん、見晴らしも利くようになっていた。

雲も休憩前にくらべていっそう切れた。

幸男が仰ぐ先には、黒蛇山の頂が、さらにはいったん緩やかに下ってから登る尾根のラインと、白鷹山の頂までもが望めた。

平べったくて樹木がない黒蛇山の山頂付近に対して、白鷹山にはうっすら植物があるように見えた。

あのうっすらとした樹木のあたりが、おそらく禁足地なのだろう。幸男は桐人を見やる。近づいてはいけないあの場所を、どう迂回して下るのか。間違いなく難題だった。

瞼を下ろして体を休めている秀明の隣で、桐人はまた拾った矢を手に考え込んでいた。どうにも矢柄のしるしが気になってならないと、その横顔は語っていた。

幸男はそろそろと桐人の横にしゃがみ、話しかけた。

「しるしがどうかしたの？」

切れ長の目が幸男を捉えた。暑さと疲労を桐人も覚えているだろうに、その目だけは黒々と輝き、幸男をたじろがせるほど真剣だった。だから幸男は、桐人が先ほど秀明にきつく言われた『自分の本分』をまっとうしようと必死なのだとわかった。

ただ漠然と考え込んでいるのではなく、本気で答えを見つけようとしている。加えて、急いで。二つの山を越えて、みんなが無事に家に帰るためには、三日後にひらめいても駄目なのだ。おそらくそのヒントを、しるしから見いだそうとしている。

「このしるし、見たことがあるように思うんだ」

秘密を打ち明けるような囁き声に、幸男は眉をひそめた。「僕だってあるよ。当たり前だろ、御奉射祭りの矢なんだから、僕たち谷津流に生まれた子どもは、一度は見てる」

「うん、それはわかってる。そういうのとは別」桐人はもどかしそうに唇を噛んだ。「今まではしるしを見てもなんとも思わなかったのに、この矢で初めて引っ掛かった。なんだろう、この二つの四角。僕はこれを、どこかで見た気がしてならない」

気づくと、秀明が薄目を開けていた。どうやら話は全部聞かれていたようだった。幸男は桐人から離れて、これからの行軍に備えてリュックの中身を詰め直した。背に近い部分に、荷物の中でも空とはいえ重みのある水筒を配置する。誰に指示されたわけでもなかったが、そうしたほうが体感として、登り道が辛くないのだった。

「……気のせいじゃないのか?」背後で、秀明が桐人に質している。「丸暗記、おまえ大得意だろ。なのに、どこかで見た気がするなんて、らしくない。あやふやすぎる」

それは幸男も気づいたことだった。しるしを別のなにかで本当に目にしたことがあるなら、その媒体や場所、日時、すべてすらすらと記憶から引き出してしまうのが、今までの桐人だった。

息を大きく吐く音は、桐人がため息をついたのか。いささかしょんぼりした声がため息に続く。

「確かに、僕もこんな感覚は初めてだから、正直戸惑ってる。でも、どうしても気のせいとは思えない。僕はおまえに言われて、惣左衛門さんから教わったことにはどんな意味があるのか、それまで考えなかったことを考えるようになった。本当にずっと、テストのときも、昨夜も今日も、歩いている間だって考えて……」黙り込みかけた己に気合を入れるような咳払いをして、続ける。「まだわからないけれど、ときどきわかりそうにもなる。意味のしっぽが見えそうになって、はっとする瞬間がある。そのはっ、ていうのに、このしるしは関係ある感じがする」

「そっか。なら、ごめん。余計なこと言った。そんなにおまえが気になるんなら、きっと関係あるよ」

秀明の声の位置が高くなる。立ち上がったみたいだ。

「だったらさ、今まではなんとも思わなかったんなら、どこかで見たのはつい最近だ。少なくとも今年のお祭りより後、七月とか夏休みに入ってからとか、林間学校に来てからだ」

幸男は二人を振り向いた。

「いいか、桐人。ほんのちょっと前なんだ」

懸命にヒントを与えようとする秀明が、そこにいた。

「でも、あのまんまの形じゃないかもしれない。同じ形を見たのなら、おまえならすぐにわかるだろうからな」

保仁が十分経ったと言った。武男が真っ先に林道に出て、整列を促した。秀明と桐人の二人は、素早くリュックを背負った。最後尾につく秀明が、前方へ行こうとする桐人を呼び止めた。

「もしかしたらおまえは、頭の中で、あの形を作ったのかもしれない。なにかを見て得た情報を、頭の中でパズルみたいに組み合わせて、あの形ができたのかもしれない。だっておまえは、もう覚えるだけの門前の小僧じゃない。考えてるんだからな」

「秀明、桐人。行くぞ」

武男が短く急かした。秀明は言い切った。

「おまえならわかる」

桐人は頷き、緑の後方についた。秀明もしんがりに行った。

列が進み出す。真夏の午後のぎらつきを剝き出しにした日差しが、九人の頭を睨み下ろす。

「なあ、桐人」

幸男を飛び越えて桐人に話しかけたのは、慎次郎だった。桐人が足元を気にしながら振り向いた。間に挟まれた幸男も、つられて後ろに首を回した。

あれ、と思った。慎次郎は、見慣れた保仁の腰ぎんちゃくの顔でも、はやし立てる顔でもなかったからだ。まぎれもなく慎次郎なのだが、慎次郎にそっくりな双子だと言われても信じてしまうような目に見えない差異を、幸男は感じ取った。

「秀明のやつ、おまえには最悪のパターンを言わなかったな。あいつ、最悪を考える係なのに」

慎次郎の指摘を受け、幸男も内心そのとおりだったなと、一連の会話を振り返った。最初こそ「気のせいじゃないのか」と言いはしたが、秀明は撤回して、最後は「おまえならわかる」と励ましたのだ。最悪を考えるなら、「気のせいだ、考え事をして歩いたら怪我のもとだ」くらいは言ってもおかしくはないのに。

応じる言葉が見つからなかったのか、そのまま前を向きかける桐人に、慎次郎は言葉で追った。

「おまえの頭の中にあることが俺たちの役に立つって、あいつ信じてんだよ。本当に」

——おまえが本気で言ったことを、俺は絶対嗤わない。

この行軍の最初に秀明はそう宣言していた。

秀明はなにも自分の役目を放棄したのではない。桐人が自分の頭の中のいろいろを考えて考え抜くのを、秀明はむしろ期待している。山の中でのプラスになると思っている。だから、できる限りのヒントを出して、励ましたのだ。

「信じられてるんだ。いいな」

そういう友達がいるってさ。

いいなの後は、口先だけの呟きだった。すぐ前の幸男が、ぎりぎりで聞き取れたほどだ。桐人まで届いたかどうかはわからない。でも、桐人は耳がいい。聞こえたかもしれない。

「……秀明はみんなを信じてると思うよ」やっぱり聞こえていた。今度は桐人が呟き返した。

「一緒に帰るために、この先も協力しあえるって信じてると思う。僕もそうだし。あと」桐人はポケットから慎次郎のコンパスを取り出した。「これがなかったら、まだ下で迷っていたかも。おまえがいて良かった」

「俺がいて、じゃなくて、俺のコンパスがあって、じゃねーの?」

「コンパスは自分で歩いて来られないだろ」

「ちぇっ……たまたまなんだけどな」

悪態のような言葉ながら、口調には照れとほのかな嬉しさが確かにあった。

「たまたまでもなんでも、ここにあるってことが重要じゃないかな」

桐人の生真面目な一言を受けた慎次郎は、「ふもとに下りるまで、そいつは返さなくていいぜ」と口早に言い放つと、Tシャツの首元を手で扇いだ。

＊＊＊

踏み跡はいずれ消える。

秀明の読みの正しさは、小一時間後に証明された。

背の高い樹木はすっかりなくなり、せいぜい大人の背丈ほどの低木と笹藪ですら数を減らし、あれほどうるさかったセミの鳴き声が遠くになったころ、九人の目は黒蛇山の頂の手前に待ち構える岩場を捉えたのだった。

「あんなところを行くのか」

「道理でさっきから地面がやけにゴロゴロしてると思ってた」

二年生コンビがみんなの気持ちを代弁する。幸男の足の裏も痛かった。木の根の盛り上がりが無くなったかわりに、石の硬さが、靴の裏を通して響いてきていたのだ。

「ガレ場っていうんだ、ああいうところ。山の上のほうには、わりとある」

「秀明はなんでも知ってんな」

保仁の言い方は、嫌みっぽくはなかった。思ったことがそのまま口に出たのだ。秀明もそれに、こともなげに応じた。

「去年の夏休みに、お祖父ちゃんとお祖母ちゃんと親とで、手稲山って山に登ったんだ。その手稲山にも、山頂前にガレ場があった」秀明は列の前に移動してきて、腰に手を当てた。「やっぱりな」

武男が訊く。「なにがやっぱりなんだ？」

「ガレ場の石や岩には、しっかりしてるのも不安定なのもある。だから手稲山では、安定して進みやすいところに、ペンキでマークがつけられていたんだ。この石や岩のところを登れっていう目印だ。でも、ここのガレ場にはマークがない。登山する人がいないからかな」

「目印がないところは登れないのか？」

「そんなことはないけど、安全かどうかの保障はないってこと」

ガレ場を前に、短い休憩をとることにする。キャラメル一粒と缶ジュース一本をみんなで分け合いながら、ガレ場攻略の作戦を練るが、安全の保障がないという点が弱気の虫を呼び起こしていた。かといって、もはや引き返そうというものもいなかった。白鷹山に辿り着いて山道まで出られれば、あとはもう未知の場所ではない。一本道でふもとまで下りられるのだ。

「今ここで、ヘリが来てくれないかなあ」

慎次郎が星を探すように空を見上げた。あれ以来、ヘリは飛んでこない。

みんなが少量のジュースを飲み終え、水筒のキャップを元通り閉めたときだった。

「私が先に行ってみていい？」

緑がしびれを切らしたかのように口を切った。

「えっ、なんでだ？」保仁が動揺を見せた。「緑にそんな危ないことさせられない、だったら俺が行く」

「いや、俺が行くよ」

武男も名乗り出れば、二年生の二人も「俺たちが行こうか」「先輩だし」と後を追う。そんな男子たちに、緑は苦笑した。

「ありがとう、気を遣ってくれて。でも、みんなより私のほうが上手くできると思う」緑は保仁に向き直った。「私、東京で体操教室に通っていたの。言わなかった？」

河原に下りるとき、斜面を前に、確かに緑はそう言っていた。登るときも誰より身のこなしが軽かった。

「不安定な石に体重をかけたら、危ないんだよね？　それって、体重ある人のほうが、石を動かしちゃう確率が高いよね。私、この中で一番体重は軽いよ。それにね、もしも石が動いてバランスを崩したとしても、私なら持ちこたえられる。平均台の上で側転だってできたんだから」

だからといって、おいそれと女の子に「じゃあ、頼むよ」と託していいものか。うんと言えない男子たちに、緑は啖呵を切った。

「男子だから大丈夫とか、女子だから駄目だとかじゃなくて、適任は誰かって考えて。私を見くびらないで」緑の語調は揺るぎなかった。「お願い、私にやらせて。登りながら、ルート開拓してみせる」

「……すごいなあ」源太郎がのほほんと感心した。「じゃあ、緑ちゃんでいいんじゃないかな？

緑ちゃんならできるよ」

あまりにのほほんとしていて、源太郎が本気で緑をすごいと思っているのが伝わってくる。その思いは幸男にも感化した。おそらくは、男子全員にも。

「そうだな、体重が軽いのはいい」

「体操経験者か」

「体育のときお手本になってるもんな」

反対があるとすれば、最悪を考える係の秀明からだ。幸男は固唾を飲んだ。

「緑が最適任だ」秀明が言い切った。「任せるよ。ここにいる誰よりも、緑が行くのが安全で確実だ」

緑の頬に淡い赤みが差し、口の端が微かに上がった。嬉しさと自信がみなぎる表情だった。幸男の心臓がどきりとなった。綺麗な子だとは知っていた。でも、この瞬間の緑が、今までで一番綺麗だった。

「頼んだ」

「任せて」

緑は後ろで束ねた髪を一度ほどき、きっちりと結び直した。次にリュックのポケットを開けて、中から一通の手紙を取り出した。緑はそれを大事に胸元に当てた。

それから緑は手紙を再度ポケットに納めると、濡れタオルで手のひらを丁寧に拭き、腰を左右にひねってから、きっちりとリュックを背負った。

「行くね」

緑がガレ場に挑んだ。

緑の自信は、ものの十分で正当だったと証明された。慎重に足元を探り、ときには両手を使いながら、緑は素晴らしく軽やかにガレ場を攻略してみせた。一度だけ、浮石に右足を置いて体をぐらつかせたが、すぐさま突出したバランス感覚で体勢を整え直した。石もほとんど落とさなかった。

ガレ場を越えた緑に、男子全員は拍手を送った。太陽を背にした緑の顔は逆光だったが、笑っていることは雰囲気で知れた。

「私が足をかけたところ、わかるかな？」

緑の問いに、即答したのは保仁だった。「靴底の土がうっすらついている。大丈夫だ、行ける」

「じゃあ、次は誰が行く？」

武男が男子を見回す。名乗り出たのは保仁だった。「俺はたぶん、武男の次に体重がある。俺が踏んでも大丈夫だったら、大体みんなも行ける。俺が行く」

保仁はわざと、滑らない程度に靴底を汚した。後続のために、今度はしっかりと足跡をつけるつもりなのだ。

保仁は緑のあとを忠実にたどり、足跡の目印をつけた。

最後の武男がガレ場を登る。上から保仁が手を差し出した。武男はそれを掴んだ。

「よっしゃ」

それぞれの口から、歓喜の声がほとばしり出た。保仁が咳払いをして、時刻を告げた。

「今、四時を回ったところだ」

＊＊＊

「急いだほうがいいかも」

慎次郎だった。武男がわけを問うた。「なんでだ？」

「日が暮れる。今の時期の日没時刻は……わかんないけど、四時過ぎってことは、これからどんどん暗くなる」

「日没時間、わかるか？」

保仁は時間管理が板についてきた。仲間の顔を見回し、最終的に視線を止めたのは桐人のところだった。丸暗記した知識の中に、天文方面のものもないかという期待の結果だろう。

「正確な時刻はわからないけれど、確かなのは、午後七時前。六時四十五分とか……それくらいだと思う」

その根拠を桐人は、今の時期両親が畑から戻ってくるのが午後七時くらいだからと言った。

「うちは五時過ぎに夕ご飯を食べて、そのあと親はあたりが暗くなるまで畑仕事をするんだ」

「つまり、午後七時には畑仕事ができないくらいになってる」秀明が腕に巻いたタオルで額や紅潮した顔を拭う。「暗くなったら尾根は渡れない。日が落ちる前に、白鷹山に着いていないと」

武男が背負った自分のリュックをみんなに示した。「でかい懐中電灯はあるぞ」

「尾根がどんな感じかわからないけど、みんなに一つずつあるとしても、夜はそういうところを動いたら駄目だ。俺たちは慣れていない。滑落の危険がある」

滑落という秀明の言葉を聞いて、幸男はすぐになすべきことを悟った。みんなも同じだった。話し合いもそこそこに隊列が組まれ、九人は行動を開始した。

「てっぺんはすぐだ。頑張れ」

先頭の武男の大声が聞こえた。

ガレ場からは、幸男の腰の高さにも満たないごく低い木と、雑多な草が茂る上り坂だった。斜度はそれほど急ではなかったが、地面が硬く、一足ごとに疲れが脚全体に溜まっていった。幸男は歯を食いしばった。

白鷹山に渡りさえすれば、ほとんど大丈夫だと思っていた。渡ってからの禁足地を迂回して山道に出るルートは、桐人が責任を持つ。白鷹山に辿り着きさえすれば、助かったも同然だと。

そこに、日没というタイムリミットが急に提示された。

日差しはまた陰ってきた。森を抜けて山頂近くになったせいか、風も直接吹きつける。おかげで昼過ぎほどは暑くなくなったが、言葉を変えれば吹きさらしだ。テントなんてないから、黒蛇山の山頂や尾根の途中で、野宿を決断するとは思えない。白鷹山に辿り着けばいいのは同じだが、漫然と向かうだけではいけないのだ。

日が落ちるより先に、尾根を渡らなければならない。

桐人の姿勢が前かがみになっていく。緑は腹に手を当てていた。

ほどなく黒蛇山の山頂に到着することができた。普通の登山なら、一休みをして眺望を楽しむところだ。誰もが初めて目にする景色がそこにあるのだから。だが焦りが九人にそうさせなかった。それぞれが眺望よりも、薄雲の向こうで傾いていく太陽や、尾根の歩きやすさを気にした。

緩く下り緩く上る尾根は、牛馬の背に浮き出た背骨のようで、当たり前だが道はなかった。獣が通るらしいところだけ、茂る草が薄くなっているくらいだった。その草の中に、ぽつぽつと白く小さな花が咲いている。一番下った地点の左側が、深く落ち込んでいた。谷の根元のようだ。包丁の刃の上を行くほど細い尾根ではないが、油断はできない。あの根元のところで転んだら、滑落が現実になる。幸男は唾を飲んだ。

白鷹山の頂はきれいな三角形をしていた。木こそなかったが、靄のような緑色に覆われており、見える範囲ではガレ場はなく、少し下れば森だった。

二年生の二人が、キャラメルとアーモンドチョコレートを一粒ずつ配る。歩きながら食べられるものだ。緑が男子の顔を見回し、「喉渇いてそうだね。みんな、水筒を出して」と言った。全員で注ぎ合う分配方法はとらず、緑が自分の水筒の中身を、手早く各人のキャップに入れて回った。

「みんな、一秒ずつにしたから」

注ぐ時間を同じにすることで、とっさに量を調節したというわけだ。幸男はぬるんだその水を、急いで飲んだ。

水筒のキャップを閉める。

違和感の小さな影が、さっとよぎった。

なんだろう？　幸男は過ぎ去ってしまった違和感を呼び戻そうとしたが、成功しなかった。

「これで水はもうないのか」

慎次郎の声で我に返った。慎次郎は水分の消費ペースを、ちゃんと勘定していたのだ。河原の昼休憩と、昼下がりの休憩、そして今。水筒に中身を入れて持ってコテージを脱出したのは、秀明、桐人、緑の三人だけだった。

「缶ジュースはまだある。三本」

元気の報告に、楽観的な表情をするものはいなかった。昨夜の脱出から野宿、暑い中の山登り。幸男も飲み過ぎたとはこれっぽっちも思わなかった。でも、ここから尾根を伝い、さらにもう一つの山を下ると考えると、どうしたって足りないのではと怖くなる。

「大丈夫だ。それだけ水分補給をちゃんとしているってことだ。それに俺たち、夜の黒蛇山を登ったろ。白鷹山には祖父ちゃんや父ちゃんが行き来する山道がある。今までよりずっと歩きやすい。山道にさえ出たら、こっちのものだ。なんなら休みなしでも下りられる」

武男がみんなを励ました。幸男はこわごわと目だけを動かし、秀明を見た。今このときだけは、最悪を言わないでほしいと願いながら。

秀明はなにも言わなかった。彼の顔は赤く、肩で息をしていた。桐人から借りたのだろう矢を支えに、地面を睨みつけて立っていた。

「さあ、尾根を行くぞ。桐人、ここからはおまえも前に来い」

桐人が頷き、武男のすぐ後ろについた。白鷹山に入ってからどう進むかを判断しなければならない桐人が、先を見渡せる場所に行くのは当然だった。桐人は慎次郎のコンパスをリュックから出した。

尾根歩きは、順調だった。足元も黒蛇山のガレ場や山頂付近にくらべたら楽だった。それは、幸男が一番危ないと思った谷の根元を通り抜けて、はっきりと感じられた。黒蛇山の地面は硬いのになんとなく頼りなかった。薄い瓦のような層が、互いに干渉せずにただ重なっていたようだった。白鷹山は黒蛇山ほど硬くなく、柔軟に足の裏を受け止めてくれる。二つの山は隣り合っていながら、地層やらなにやらの構造が違うのかもしれないなどと、おぼつかなく推測する。ともあれ、もうじきだ。黒蛇山から白鷹山の領域に入った。

幸男が思った矢先。

前の緑が、消えた。

＊＊＊

緑は倒れていた。

「緑！」幸男は叫んだ。「待って、緑が」

行軍が止まる。幸男と緑の前方の武男、桐人が慌てて様子を窺う。慎次郎が幸男の背中にのしかかってくる。「緑、どうした?」

「……痛い」

緑は片手で顔を覆い、もう片手で下腹部を押さえた。

緑の口はよく回っていなかった。顔色も悪かった。なにが起こったのかを、緑自身も把握していない。転んだというより、意識が朦朧となって、倒れたのだ。

「貧血か?　大丈夫か?」

慌てふためく保仁の声が尾根に響く。桐人がはっと息を呑んでから、緑に訊いた。

「君、さっき水を飲んだ?」

過ぎ去った違和感の影が、幸男の頭に舞い戻り、今度はとどまった。緑は水筒の水をみんなに注いだ。注がれる一秒の水音は、八回だった。自分には注がなかったのだ。

「私の分はなかったし……そんなに喉も渇いてなかった……それに」

実は山頂に着く前から少しお腹が痛かった。尾根には隠れる場所がない。途中でトイレに行きたくなったら困るからと、緑は水分補給をセーブしたのだと告白した。

「……ごめんなさい」

後方の元気から、リングプルが外されたオレンジジュースが回ってきた。幸男はそれを、うつろに謝る緑に渡す。

「飲みなよ。きっと体の水分が足りなくなったんだよ」

源太郎が柔和に勧めた。それでも謝り続ける緑に、慎次郎が声をかけた。

「兄貴の言うとおりにしなよ。具合悪いんだろ？　ジュース飲んだら、元気になるよ。それさ、全部飲んでいいから」

誰も緑を責めなかった。特に緑をかばったのは、保仁だった。彼は緑の気持ちがわかると繰り返した。

「俺のほうがもっと情けなかったけどな、ここにはない茂みだってたっぷりあったのに、洋式しかしたことないってだけでさ」

幸男は想像してみた。ここで用を足すのは、自分だって嫌だ。だったら、緑はもっと嫌に違いないのだ。

緑はリュックの中からなにかの薬を取り出し、それをジュースで飲んだ。残りも飲みながら、ティッシュで鼻の下を何度も拭った。でも、けっして涙は見せなかった。

ジュースを飲めば、水分不足の問題は解決するはずだった。

なのに、緑の顔色は青く、額には脂汗まで滲んでいる。異常だった。

「具合、良くならない？」

「お腹、まだ痛いか？」

元気と武男が声をかけ、桐人はあたりを見回して言った。「谷に滑落しそうなところは過ぎたよ。もしもトイレがしたいなら……」

僕たち絶対見ないから。おそらくはそう続いただろう。だが、緑の意を決した声が、続きを阻んだ。

「たぶん、生理になったと思う」下腹部に当てられた手が握り込まれ、ジャージに皺が寄った。

「トイレかと思ったけど……どんどん痛くなる。私、ときどきすごく辛いことがある。遅れたときとか。そういう痛みなの。今、痛み止めは飲んだけれど……」

女子にそういった体の変化があることを、保健体育の授業で知ってはいた。けれども、実際に「今がそうだ」と打ち明けられたことなどなかった。女子がトイレに小物入れを持っていくのを目にした男子は、ニヤニヤしたり、ときにはからかったりした。幸男も、体育を見学している女子を見つけたら「そうなのかな」と邪推してしまう。女子は男子の好奇の視線を嫌がり、誰もが内緒にしようとした。

だから、女子一人のこの場で打ち明けた緑の心中は、察するに余りあった。そして、打ち明けたということは、それだけ痛いのだ。日没に間に合うように男子に合わせて歩くのは無理だと判断したからなのだ。緑のジャージの皺がどんどん数を増し、深くなった。彼女は「ごめんなさい」と低く言った。

「謝ることじゃない」保仁がすぐさま返した。「謝るな」

「薬が効くまで時間がかかる。おんぶしよう」提案したのは武男だった。「男子が交替で」

「無理じゃない？」痛みに顔をゆがめた緑が、小柄な慎次郎、桐人、そして幸男を見る。「幸男くん、大丈夫？」

「幸男たちにはそのかわりに、緑とおんぶする奴の荷物を持ってもらえばいい」元気はさっそくリュックを背から外し、緑のそばにかがんだ。「急ごう。ほら」

慎次郎が元気の、幸男が緑のリュックを受け取る。緑は「すみません」と言って、元気の背に体を預けた。

「だから、謝るなって」

「緑は軽いから大丈夫」

「武男が倒れたんじゃなくて良かったな」

「武男はでかすぎるんだよ」

男子は口々に陽気な軽口を叩き、行軍を再開させた。だしにされた武男も「俺だったら担架が要るもんな」と軽口に乗った。

「そうなったら、お、俺のマジックで担架を出す」

緑の小さな笑い声がした。男子も、慎次郎も笑った。

幸男も、もちろん笑った。その裏で激しく後悔した。女子の身体の変化について、褒められない目で見ていたことを。

そんな中、さっきから一人の声だけがしないのだった。

秀明だ。

行軍に影響する大きな出来事があれば、必ずなにがしかの意見を発信し続けてきた秀明が、緑の一件ではなにも言わなかった。

いや、考えてみれば、尾根に向かう直前も黙っていた。最悪を言わないでほしいという思いを胸に盗み見た彼は――。

赤い顔。荒い息。竹の矢を地面に突き刺し、体重を支えている姿。

胸騒ぎがした。

保仁が五分おきに声をかける。そのたびに緑をおんぶする役目は交替する。秀明の番が来た。

「秀明くん、大丈夫？」

緑の言葉尻を叩くように、秀明が掠れた声で答えた。「大丈夫だ」

「だって」

「いいから」

「どうした？」

武男が振り向いた。行軍が止まった。秀明が聞いたこともないような怒号を発した。「なんでもない、行け。日が暮れる」

幸男は頭上を仰いだ。

空一面を覆う雲に亀裂が走っている。ゴルフ場で見た地割れが天に移ったかのようだ。その亀裂から、黄昏の色の光が漏れ、九人の行く先に零れ落ちる。セミの声が近づいてくる。緑の匂いの風がする。白鷹山はすぐそこに迫っていた。

禁足地、お社は、山頂から少し下ったあの森の中にあるはずだ。

桐人はどう行くのか。

一度休むのか。緑を背負ったまま、夜の山を下るのか。それとも、森に入ってすぐ、禁足地には入らないあたりで野宿にするのか。そもそも、禁足地の広さは。そんなことも幸男は知らない。桐人だけが、大祭のヨメゴとして入ったことがある。たった一度だけ。

どうするのが一番いいのか。

幸男にはわからなかった。

「止まって！」後方で緑が叫んだ。「秀明くんがっ」

振り向く。緑を背負った秀明がわずかに遅れていた。秀明は最後尾だったのだ。遅れても気づかれない位置だ。

緑をいったん下ろすと、秀明もその場にうずくまった。

「なにが大丈夫だ、この馬鹿！」保仁が怒鳴った。「誰か秀明をおぶってくれ。俺は緑をおんぶするから」

「秀明くん、熱いの。体が」腹痛と心配で顔を真っ青にした緑が訴える。「熱がある、絶対。測らなくたってわかる」

尾根を越え、白鷹山に渡ることはできた。今、九人は山頂の狭い草地で休んでいる。森の匂いはいよいよ濃い。幸男の目の高さに、ブナの樹頭がある。少し下れば森の中だ。森の中のどの辺が禁足地なのか。いっそロープでも張ってあればいいのに。

でかい湯たんぽを背負っているみたいだったと、秀明をおぶった源太郎は言った。緑は気丈にしてはいるが、腹痛が治まっていないのは顔色を見れば一目瞭然だった。

ここに来て、九人のうち二人が、自力で歩けなくなってしまった。

「……私は、一晩寝たら楽になると思う、経験上」

痛み止めを飲んでも、緑は生理痛に苦しんでいた。ひどいときはあまり効かない、自然と治るのを待つしかないのだと、彼女は打ち明けた。そして、残った一回分の鎮痛剤を「解熱効果もあるから」とジュースで秀明に飲ませた。緑以外も少しずつ補給したとはいえ、山頂で残り三本だったジュースの缶は、もう一本しかなくなった。

保仁が六時半を告げた。日はじきに落ちる。雲が多いせいで、早くも薄暗い。

「一晩……」

武男が呟き、草の上に横たわる秀明を見た。顔も腕も、出ている部分の肌はどこも真っ赤だ。

桐人は秀明が杖がわりにしていた矢を拾った。

「風邪かな。野宿したから……」

慎次郎が体育座りの膝を抱えた。秀明はジャージを緑に貸していた。寒かったのかもしれない。しかし秀明は喘ぐように「喉も痛くないし、くしゃみも出ない。頭も腹も痛くない。ただ、寒い」と、自分の状態を説明した。

緑と一緒に一晩休めば歩けるようになるのか。しかし、熱がある人間が野宿して大丈夫なのか。それとも頑張って二人をおんぶし、夜の山を下りたほうがいいのか。

「切り詰めれば、おやつはあと一日くらいならなんとかなる。でも……」

九人で一本の缶ジュースしかないのだ。

こんなとき、いつもは秀明が判断してくれた。沈黙の時間も惜しいことはわかっていたが、幸男の頭に名案がひらめくことはなかった。なにか考えがひらめいたとしても、口に出すのが怖かった。もしもそれが採用されて、上手くいかなかったら。判断には責任が伴う。その尋常ならざる重さが、声を凍らせる。

みんな怖いのだ。だから、沈黙のまま、ときが過ぎる。

太陽が落ちる。残光が雲の切れ間を抜け、尾根を掠めて、九人に届いた。

「水はある」

そのとき、桐人が口を切った。

「僕の考えが合っていたら、すぐそこにある。食べ物も。休むところも」

＊＊＊

晴れた日だった。カーテンをまとめ、網戸越しに田んぼを眺める。

黄金の色に染まり始めた稲の穂が、こうべを少し垂らしている。その穂を風が揺らす。穂波がうねり、ざわめく。

八月が去ろうとしている。朝食の後、幸男は兄とともに、母から夏休みの宿題について確認をされた。

「あんなことがあったけれど、宿題をやらない言い訳にはならないよ」

あんなこと。あれは、八月の初めだった。もう、ひと月近くが経つのだ。幸男は隣の武男を窺った。武男は素直に「はい」と返事をした。幸男もそうした。

早朝から田畑に出ていた祖父と父は、食休みをとってから、再び外へ出ていった。祖父の背中は、ほんのちょっぴり丸まっていた。寂しいとその背は言っていた。

桐人が来なくなったからだろう。

九人が土壇場に立たされたあのとき、桐人は禁足地のお社を使おうと言ったのだった。

「お社には供物がある。地震のあとに取り替えたって、惣左衛門さんから聞いた。おそらく井戸もある。水が飲める」

絶対に入ってはいけないと強く断じていた張本人が、禁足地にみんなを連れていった。そして、お社の戸を開けた。戸には鍵がなかった。大祭のときも鍵はなかったのだと、彼は言った。

井戸は、お社の北西の角から少し藪を分け入ったところにあった。真四角の板で蓋をされた古い井戸だったが、釣瓶も桶もちゃんと使えた。汲んだ水はきれいで冷たかった。毒見とばかりに、桐人は真っ先に飲んでみせた。飲める水だという確信を抱いているようだった。

「なんでここに井戸があるって？」

武男の問いに、桐人ははっきりと答えた。「矢柄のしるしから。大きな四角をお社と見立てて、山側を上にふもと側を下にすると、ここが小さな四角の場所になる。航空写真を見たとき、お社を上から見たらどんな形かなって思ったんだ。秀明のヒントと一緒に考えて、さっきやっとわかった」

——もしかしたらおまえは、頭の中で、あの形を作ったのかもしれない。

あの見立ては、合っていたのだ。

桐人は動けない二人を背負って山を下るのではなく、お社の中に休ませる提案をした。残りの動けるものが、大急ぎで山を下って助けを呼ぶ。秀明の容態は一刻の猶予も許されないかもしれない。でも、夜におんぶしての山下りは危険が伴う。ならば、二手に分けるしかない。そういう判断だった。

「ヨメゴじゃないのに、お社に入ってもいいの？ それに私は女だよ。男の子がヨメゴ役をやるくらいだもの、女の人はなおさら入っちゃ駄目な気がする」

緑が恐れを口にしたが、桐人は大丈夫だと言い放った。

「いいんだ。ここは神様の場所でも、ヨメゴの場所でもない。困った人が使うところなんだ。てんのてんでもひとのさと、だから」

桐人の言葉を聞いて、秀明は弱々しいながらも笑った。

「おまえ、あれの意味もわかったのか」

桐人は大きく頷いた。「正解は知らない。でも、もしも意味があるなら、これしかない」

鷹神様は蛇神様の災厄に困っていた谷津流の村人を助けた。今、僕たちは困っている。井戸の場所も、お祭りの矢に教えられた。だから、僕たちは使っていい。助けてくれるはずだ。お祭りの歌は、土砂崩れが起きたらみんなで山の上の方に逃げろ、お社に行けと教える歌だ。お社は、困った人たちが使うためにある。もしも、そういう人を助けずに怒る神様なら、祀る意味も、神様である意味もない――いまだかつてないほど、桐人は毅然としていた。

「惣左衛門さんが怒っても、説明する。本当に困った人がちゃんと使えるように、普段は入っちゃいけないことにしていると、僕が判断したって言う」

お社には緑と秀明のほかに、源太郎が残った。両者具合が悪いとはいえ、男子と女子をお社に二人きりにすると、大人があとでつまらない勘繰りをするかもしれないという懸念に対して、緑が「源太郎に残ってほしい」と望んだのだった。

「いてくれたら、気分が明るくなるから」

そう緑に言われ、源太郎は照れつつも嬉しそうに了承した。

「ト、トランプで手品を見せてあげるよ。もちろん、水も汲む。具合悪い人だけが残るより、元気なのが一人、付き添いしたほうがいいしね」

供物の中には、糒があった。これは非常食だと桐人は言った。

「乾燥させたご飯だよ。硬いけれど、食べられる」

幸男は小さな懐中電灯を、元気はおやつの半分と最後のジュース一缶を、保仁と武男と慎次郎は着替えのジャージを、三人のためにお社に残した。

「桐人」秀明が桐人を呼びつけ、ホイッスルを手渡した。「持っていけ。おまえなら上手く使う」

「できるだけ急いで下りる」桐人の声には決意が感じられた。「絶対に助けに戻ってくる」

「気をつけて。転ばないで。無理しないで」

下山(げざん)組に向けられた緑の気遣いは、ありがたかった。けれども、日が落ちた中ふもとへ向かう六人の誰一人として、頷かなかった。

「気をつける。転ばない。でも、無理はする。今無理をしなくて、いつするんだ」

武男の言葉に、保仁が真っ先に頷いた。

六人はお社を出て、空の水筒に井戸水を充分に入れてから、隊列を組んだ。懐中電灯をつけた武男と山道まで先導する桐人が二人で先頭に立った。幸男、慎次郎、元気と続き、しんがりは保仁が引き受けた。

日暮れまで曇っていた空は晴れた。西に微(かす)かに黄昏の名残と、宵(よい)の明星(みようじよう)が輝いていた。

お社を離れるとき、中から風を切るような指笛の音が聞こえてきた。短い音と長い音が組み合わされたそれは、まぎれもなくモールス信号だった。桐人がホイッスルで返した。幸男は訊いた。

「なんて言ったの?」

「秀明はGL、グットラックって。だから、ありがとうのTUを吹いた」

秀明の部屋にあったモールス信号のポスターを、桐人は丸暗記しただけではなく、実際に使った。

暗がりの森ではぐれぬよう、六人は常に声をかけ合った。武男は足元の様子の細かなことまで、逐一(ちくいち)後ろに教えた。覚悟していたより歩きづらくはなかった。お祭りと地震で、祖父と父はお社に足を運んでいる。そのときに下草(したくさ)などを少し払ったのかもしれなかった。禁足地を歩いていることに対する後ろめたさはなかった。それだけ桐人が読み解いた『意味』には、強さがあった。

祖父が桐人にかけていた言葉が思い出された。

――いつかおまえが同じように誰かから意味を訊かれたとき、俺が教えたのをそのまま答えるのと、自分がひねり出したのを答えるんじゃあ、強さが全然違うのよ。

祖父の言葉の正しさを、桐人は自ら証明してみせた。

ほどなく祠の裏に行き当たった。その横を通り抜けると、山道に出た。祠で禁足地への道筋を目隠ししていたのだ。

山道に出てからも声はかけ合ったが、足取りは速くなった。気が急いていた。一秒でも早くふもとに着きたかった。早く着けばそれだけ、お社の三人が楽になるからだ。休憩は祠ごとに取った。そこで水とチョコレートやキャラメルを補給し、五分でまた出発をした。

谷津流の農家の明かりが肉眼でもはっきり見えてくると、六人はますます急いだ。

「親たちは、きっとみんなで待ってる」保仁が言った。「ニュータウンの親も、谷津流の親も、みんな一緒にさ」

「ああ、そうだな。絶対そうだ」

武男が前方で右手を上げた。そこここで同意の声がした。幸男も保仁の言葉を疑わなかった。

「帰ったら、俺たちみんなで遊ぼう」

慎次郎の言葉にも賛同が集まった。

「夏休みだもんな」

「俺んちにまた来いよ。夏の太平洋が見えるぜ」

「みんなで海に行けたらいいな」

口々にこれからの展望を話していると、

「静香にも、もう一度会いたいな」

それは保仁だった。彼は静香の名を懐かしそうに口にした。武男は突っかからなかった。大きな声で「俺も会いたい」と叫んだ。

「新聞やテレビで俺たちのニュース見て、きっと心配してるよな。元気な顔、見せてやりたい」

最後の祠では休まなかった。桐人がホイッスルを吹き鳴らした。トントントン、ツーツーツー、トントントン。桐人はそのリズムをホイッスルで刻み続けた。

山道を下りきる前に、光の一群が近づいてくるのが見えた。大人たちだった。六人はそこに向かって駆けた。危ないから走るなと大人の誰かが制止した。そういう大人も走ってきた。

大人たちの中に飛び込むと、慎次郎は泣きじゃくり出した。幸男も涙があふれた。そんな幸男を、大人たちの中にいた祖父が抱き締めた。兄は父に抱き締められていた。

ホイッスルのSOSが聞こえたから来たのだと説明した消防隊員に、桐人がお社にいる三人のことをまくしたてた。

「早く助けてください、お願いします、早く」

消防隊員は無線でどこかへ連絡してから、祖父と父をともない、山頂へ向かった。桐人もついていこうとして、止められていた。無線で呼んだのは自衛隊員と医者だということは、後から知った。

九人はこうして、黒蛇山の山崩れから助かった。秀明は救急車で大きな市の総合病院まで運ばれ、一日だけ入院した。急な発熱の原因は、蚊に刺され過ぎたせいだった。

みんなが助かれば、みんな上手くいくと思っていた。

みんなで遊ぼう、夏休みだから。

幸男たちはそう言い合えたのに、大人は違っていた。

九人が二つの山を越えている間、情報がない大人たちは、仲違いをしていた。谷津流とニュータウンの溝を、さらに深めていたのだ。

一番立場を悪くしていたのは、保仁の伯父と父だった。谷津流の大人は、営利主義的な開発が元凶だと責め、一方でニュータウン側の大人は、谷津流の土地は不吉だと蔑んだ。

流は龍。水害や土砂崩れが起こりやすい土地に当てられる文字だと、テレビのワイドショーに出た大学教授も言っていた。それを目にした幸男は、ニュータウンの開発と時を同じくして『のぞみ野丘』と地名が変えられた理由を察した。

ワイドショーの中では、記者会見の場で頭を下げる校長の映像が何度も流された。校長のせいではないけれど、学校の行事で先生二人と民間の人が一人死んでしまったのだから、責任者として頭を下げなければいけないのだ。それに校長も「自分は悪くないけれど、校長だから謝る」というう雰囲気ではなかった。幸男たちに赤や青を探させたときの、優しくて気のいいおじさんとは似ても似つかぬ、憔悴しきった姿だった。テレビに映る禿頭のてっぺんが、画面を見るこちらに向くたびに、幸男のみぞおちはきゅっと縮こまった。

幸男たちがふもとに下りた週の土曜日に、全校集会があった。夏休み中の子どもたちが中学校の体育館に集められ、そこで目の下のたるみを黒ずませた校長の口から、林間学校中に起こった災害と、教頭先生と田岡先生の死が伝えられた。校長は炊事係の皆川さんにも触れ、亡くなった三人の大人を悼み、一分間の黙とうをした。

黙とうの間に聞こえたセミの鳴き声が、ひどくうるさく、暑苦しかった。

全校集会のあとは、保護者への説明会だった。生徒らが体育館を出るとき、すでに多くの保護者が廊下に並んで待っていた。大人たちはみんな一様に険しい顔だった。そして、谷津流の大人とニュータウンの大人は、磁石の同極同士のように近づかなかった。

幸男は説明会に参加した祖父に、そのときの会の様子を訊いた。祖父は、学校、開発会社、行政、谷津流という土地、いろんなものをいろんな人が責めて時間が過ぎたと短く語り、二度と話題にしなかった。

東京の一部を持って来たようだと思ったニュータウンも、地価が一気に下がった。

こんなところにいられない、同じ新興住宅地なら他に行くと、せっかくの新しい戸建てやマンションを手放し、ニュータウンを出ていく世帯も出てきた。

その中の一つが、秀明の家だった。

不動産会社につてがあったのか、秀明の一家は、お盆明けに引っ越していった。引っ越す前日、秀明が谷津流にやってきた。みんなの家を一軒一軒回って別れの挨拶をし、最後に桐人の家に行った。

引っ越し当日は、元気を含めた谷津流の仲間がニュータウンの秀明の家まで見送りに行った。保仁たちニュータウン組も来ていた。桐人だけが来なかった。秀明の両親は、幸男たちを邪魔そうに見て、声をかけては来なかった。

昼前に、引っ越し業者のトラックのあとを追って、秀明の一家が乗った乗用車が出発した。邪険にされても、幸男たちは懸命に走ってそのあとを追った。

別れの日とは思えないほどに、空は晴れて、雲のない清々しい青が丸く世界を包み込んでいた。ゆっくり行くトラックと乗用車には、追いつけそうで追いつけなかった。ニュータウンと谷津流の境目の横断歩道を視界に捉えたころには、決定的に引き離された。車は大きな幹線道路に進入していった。

そのとき、幹線道路の縁に桐人の小さな影を見た。そして、ホイッスルを聞いた。

短い音と長い音を組み合わせて、銀色の笛は鳴った。

それに返すように、指笛が吹き返された。

二人が交わしたモールスの意味は、今もわからない。でも、それでいいのだとも思う。互いだけに伝えたいなにかを、二人は伝え合ったのだろうから。

桐人は祖父のところへ来なくなった。禁足地やお社への戒めを破ったことについて、一度も怒られはしなかったのに。

意味がわかってしまったら、興味が失われたのか——そうではない。ただ、今は無理なのだ。秀明が去ってからずっと、桐人は家に閉じこもってしまった。

静香から手紙が来るかとも思ったが、来なかった。

黒蛇山の山崩れのニュースは、八月の終わりになった今、もうどこのテレビもやっていない。まるで、あのこと自体がなかったかのように。

でも、確かにあった。

あったからこそ、変わったことがある。

武男は以前ほど射手をやりたいと口にしなくなった。そのかわり、弓道の練習に身を入れ出した。持ち手の棒に長いゴムがついた用具を使い、家の中でも暇さえあれば、正しい姿勢や弓を引いて離す動作を体に叩き込んでいる。

緑はきれいな髪をばっさり切った。

慎次郎からは、たまに電話がくる。遊びの誘いだ。保仁と兄貴たちも誘っていいかと、彼は必ず尋ねる。

あんなに谷津流組とニュータウン組とで張り合っていたのに、みんなで遊ぼうと言えるようになった。

ゴルフ場のオープンは無期延期になった。

開発会社は撤退を決め、地価は下げ止まらない。

元気のお父さんは新しい勤め先を探している。

秀明もいない。

空は、今日も晴れだ。

寂しい背中を晒した祖父が、稲穂の波の中でうごめいている。

幸男は立ち上がった。なぜか、今だと思った。心の中で鳴った号砲が立ち上がらせた。サンダルをつっかけ、勝手口を出、田んぼに走り、祖父の背に声の矢を放つ。

「あのね、祖父ちゃん」

前かがみの姿勢を起こし、祖父は腰に手を当ててこちらを振り向く。怪訝な顔だ。昔に聞いた、こちらの願いを切り捨てる声が、思い出された。

――ごますりか？

違う。慰めたいわけでも、桐人の代わりになりたいのでも、笑ってもらいたいわけでもない。

「時間って、過ぎていくばかりなんだ」

「なんじゃあ？」

腰をさする祖父の手が止まる。なにを言っているのかという顔だ。少し怖い。夏になる前ならば、逃げたかもしれない。だが、幸男はとどまった。

「僕も祖父ちゃんも、みんなも、いつか昔になる」

幸男自身も、上手く言えているとは思えない。それでも続ける。伝わってほしい。

「ならさ、昔を大事にすることは、みんなを大事にするのと同じだ」

穂波が流れてゆく。見えないはずの風が見える。ここにも海はある。

「今度、谷津流の話が聞きたい」

注　本書は月刊『小説ＮＯＮ』（祥伝社発行）に二〇一九年八月号から二〇二〇年三月号まで連載され、著者が刊行に際し、加筆、訂正した作品です。また本作はフィクションであり、登場する人物、および団体名は、実在するものといっさい関係ありません。

——編集部

切りとり線

あなたにお願い

この本をお読みになって、どんな感想をお持ちでしょうか。次ページの「100字書評」を編集部までいただけたらありがたく存じます。個人名を識別できない形で処理したうえで、今後の企画の参考にさせていただくほか、作者に提供することがあります。

あなたの「100字書評」は新聞・雑誌などを通じて紹介させていただくことがあります。採用の場合は、特製図書カードを差し上げます。

次ページの原稿用紙(コピーしたものでもかまいません)に書評をお書きのうえ、このページを切り取り、左記へお送りください。祥伝社ホームページからも、書き込めます。

〒一〇一―八七〇一　東京都千代田区神田神保町三―三
祥伝社　文芸出版部　文芸編集　編集長　金野裕子
電話〇三(三二六五)二〇八〇　www.shodensha.co.jp/bookreview/

◎本書の購買動機(新聞、雑誌名を記入するか、○をつけてください)

＿＿新聞・誌の広告を見て	＿＿新聞・誌の書評を見て	好きな作家だから	カバーに惹かれて	タイトルに惹かれて	知人のすすめで

◎最近、印象に残った作品や作家をお書きください

◎その他この本についてご意見がありましたらお書きください

100字書評

龍神の子どもたち

住所

なまえ

年齢

職業

乾　ルカ（いぬい　るか）
1970年北海道生まれ。藤女子短期大学卒業。2006年「夏光」で第86回オール讀物新人賞を受賞し、デビュー。10年『あの日にかえりたい』で第143回直木賞候補、『メグル』で第13回大藪春彦賞候補になる。本書は歴史の伝承を大切にする集落に押し寄せた都市開発の波に呑み込まれた、大人と子どもの学びと絆を描く、次世代に語り継ぎたい思いやりの物語。主な著書に『花が咲くとき』（祥伝社刊）『心音』『コイコワレ』『明日の僕に風が吹く』他。

龍神の子どもたち

令和二年十月二十日　初版第一刷発行

著者　乾　ルカ
発行者　辻　浩明
発行所　祥伝社
〒一〇一-八七〇一
東京都千代田区神田神保町三-三
電話　〇三-三二六五-二〇八一（販売）
〇三-三二六五-二〇八〇（編集）
〇三-三二六五-三六二二（業務）

印刷　図書印刷
製本　ナショナル製本

Printed in Japan. © Ruka Inui, 2020
ISBN978-4-396-63594-7 C0093
祥伝社のホームページ　www.shodensha.co.jp/